阿联酋小说奖获奖作品

一天

〔阿联酋〕易卜拉欣·马尔祖基 著

李一冰 吴璇 译

山东文艺出版社

图书在版编目（CIP）数据

一天/（阿联酋）易卜拉欣·马尔祖基著；李一冰，吴璇译. — 济南：山东文艺出版社，2019.8
ISBN 978-7-5329-5903-7

Ⅰ.①一… Ⅱ.①易…②李…③吴… Ⅲ.①推理小说—阿拉伯联合酋长国—现代 Ⅳ.①I387.45

中国版本图书馆 CIP 数据核字（2019）第 160929 号
图字:15-2019-138
One Day(فاليوم)©Ibrahim Mohamed Abdulrahman Almarzooqi(ابراهيم المرزوقي)2017

一天

〔阿联酋〕易卜拉欣·马尔祖基 著　李一冰　吴　璇 译

主管单位	山东出版传媒股份有限公司
出版发行	山东文艺出版社
社　　址	山东省济南市英雄山路 189 号
邮　　编	250002
网　　址	www.sdwypress.com
读者服务	0531-82098776（总编室） 0531-82098775（市场营销部）
电子邮箱	sdwy@sdpress.com.cn
印　　刷	北京虎彩文化传播有限公司
开　　本	787 毫米×1092 毫米　1/32
印　　张	5
字　　数	52 千
版　　次	2019 年 8 月第 1 版
印　　次	2020 年 9 月第 2 次印刷
书　　号	ISBN 978-7-5329-5903-7
定　　价	29.00 元

版权专有，侵权必究。如有图书质量问题，请与出版社联系调换。

目 录

报警中心 / 1

第一章 / 5

第二章 / 20

第三章 / 37

第四章 / 55

第五章 / 68

第六章 / 80

第七章 / 95

第八章 / 116

第九章 / 129

第十章 / 138

报警中心

昏暗宽敞的房间里，墙上监视器的巨大屏幕显得格外光亮，报警中心的工作人员围坐在房间中心的圆桌旁，各自对着电脑回复各种报警信息——这是他们的日常工作。报警中心的主管例行检查着工作进度，并且此时正与其中一名工作人员交谈，看起来似乎一切正常。

"发生在迈阿穆拉地区的交通事故处理得怎

样了?"

"我已经通知了巡逻队。"

"发生人员伤亡了吗?"

"没有。"

"感谢老天。"

这名工作人员接着说道:"我完成日常工作报告以后可以离开吗?"

主管看了一下手表,回答:"再等半个小时吧,把报告交给接替你的同事。"

就这样,他们结束了交谈。细致、专注、一丝不苟是该部门最重要的工作作风,任何其他的事务都不能影响工作进程。

几分钟过去了,那名员工突然收到了新的报警信息。

"这里是报警中心,请讲。"

"我想通知你们,一个女孩失踪了。"

"请问您是?"

"我叫乌萨玛·哈希姆。"

"您能详细说说她是在哪里消失的,以及发现失踪的具体的时间是什么吗?"

"她失踪前在蒂凡胡尔区的家中,半个小时前消失不见的。"

"您和她是什么关系?"

"我们是邻居,这个女孩的母亲向我求助。"

接警员记下了必要的信息,紧接着提醒报警者告知失踪女孩的家属立刻去最近的警察局报案。随后接警员站起来,径直走向主管,通知他这次的报警事件,他们迅速交谈了几句:"长官,我接到了一起报警,一名女孩从家中失踪了。"

"这是一起要紧的案件。"

"我记下了所有的必要信息,并通知他们立即到最近的警局去正式地报案。"

"好的。你好像有要紧的事情要办,你现在可以离开了,我会把报告交给接替你的同事。"

第一章

晚11：00，失踪三小时

我爱看恐怖片，但讨厌充斥着血腥镜头并以此为噱头的烂片，我喜欢的是影片中人们内心的独白和现象背后的故事——朦朦胧胧、悬念迭生。这晚，我正饶有兴致地看一部叫《墓地邂逅》的加拿大恐怖片，它让人睡意全无。在电影进行到第五分钟时，主角们发现他们正身处某无名精神病院里。他们决定在此过夜，探寻医院里是否真的存在幽灵。主角们血液中的肾上腺素含量渐渐升高，而我也颇为好奇地关注接下来会发生点什么。忽然，我的电话响了起来。我一边接听一边忖度谁会在这时打来电话。电话里称是工作事务，确切来讲是关于报警中心的事务。我按下电影的暂停键，随后答道："我是萨利姆探长。"

"我是奥贝德警员。我们接到了一起报案，一个小女孩在自己家中失踪了。"

"这是什么时候发生的？"

"根据第一手资料，她失踪的时间大概在晚上八点。"

"失踪前具体在什么地点？"

"蒂凡胡尔区，门牌号是 D70。"

不知何故，我这回实在担心得很。一般情况下，接到任何类似忧心忡忡的报案，我总能冷静思考并得心应手地安慰人，但这次的案件却让我内心焦灼，好像难以招架似的。

我给负责的调查组打了个电话，让他们火速赶往女孩家中，同时联系了搜索队的负责人，得知搜索队已经接近女孩的家，一到女孩家中就将展开搜索工作。负责人还告诉我失踪的女孩刚刚四岁，寻常容貌，在失踪前，她母亲最后一次看到她时，她穿着玫瑰色衣服。

我放下电话，从客厅起身向卧室走去。我迅速脱下睡衣换上工作装，此时一股冷空气从窗子直贯而入，冻得我偏瘦的身躯瑟瑟发抖。路过孩子们的房间时，我用充满希望却也夹杂了些许担忧的目光看了看睡梦中的他们。我的孩子们如这个世界上千千万万的孩童一样，在父母的呵护下安然入梦——这一想法在我脑海中久久萦绕。这一刻，我无比强烈地希望自己能为找回失踪女孩助一臂之力，好让焦灼企盼着女孩平安归来的人们重获心中安宁。我关紧孩子们房间的门，旋即走到通向外面的走廊。我的妻子似乎被我发出的响动弄醒了，她十分理解我工作的性质和其中的难处，因此醒来后她什么也没有问，只是静静地朝我走来，站在我身边。在分别前，我告诉她我接到一起女孩失踪的报案，她震惊地深吸了一口气，并因这一消息而瞪大了双眼。我平静地吻了她，让她为女孩祈祷。

我从位于北阿尔最特区的家中出来，打开车门，发动引擎，迅速开启暖风。我觉得现在的温度已经接近零度了——在一月寒夜的冰冷空气中，我一样得讨生计。我踩下油门,像一阵风一样向事故现场疾驰而去。我家与蒂凡胡尔区的距离相当近,整个车程不会超过七分钟。

忽然,我的电话铃响了起来,是调查组的助理探员瓦利德上尉打来的。他究竟有什么事呢?

"瓦利德,有什么新进展吗?"

"我抵达了事故现场,在女孩家周围的搜索工作已经开展。"

"你进到女孩家里去了吗?"

"是的,我在女孩家里。你一到我就着手去做些必要的工作。"

"我在去你那儿的路上了。"

我对瓦利德的恪尽职守与职业素养表示了赞许,然后挂断了电话。车里的时钟显示此时是十一点二十分,我到了一个交叉路口,其中一条岔路指向库尔尼什·高沃西姆街，这条街正对着蒂凡胡尔区；而另一条岔路则会把我引向坑坑洼洼的狭窄小路。我决定选择后者，也许我在这条黑暗的岔路中能找到失踪女孩的蛛丝马迹，或者能发现几个可疑的家伙。

  我开上这条崎岖小路，车子颠簸不停。没有迷路孩子的踪迹，也并无闲汉四处游荡，唯有若干汽车驶过。我看到四周有些劳工，他们中的一些脸上满是劳累的褶皱与沉重的压力，而另一些的面容里则像是流露出阴谋与诡诈来，很难看出他们的内心究竟是清白还是卑劣。我绕了一圈接近了女孩家，故意将车停在离女孩家稍远些的地方。这是我的常规做法，以便在事件现场附近找到些许证据。在距女孩家不超过四百米的一个坟地旁边，是库尔尼什婚礼礼堂。礼堂边停着许多汽车，流行乐队的音乐自礼堂里流淌出来，庆典广场上，受邀来参加婚礼仪式的大人和孩童挤得水泄不通。

失踪的女孩究竟有没有来过这个礼堂呢？她是否正在附近玩耍嬉戏、享受着美好的流行音乐与舞蹈呢？人群中是否有人见过她，或和她在一起呢?!我迅速与正在赶往女孩家中的另一位调查组助理探员纳赛尔取得了联系，要求他找一个同事一起前来结婚礼堂调查，仔细搜索女孩的踪迹。

我向女孩家走去，看到紧邻的几座小房子，这些房子都是平房，看上去破败不堪、年久失修。我注意到这里有许多辆汽车，或许可以说明此处有许多租客，可能都是些单身居民吧，这让我非常担心。想到这些单身汉对孩童实施性侵的可能性时，我更加担忧了。紧迫感让我立刻将这些于事无益的忧虑抛在脑后，把精神集中到到现在为止都毫无头绪的事件上。我已经走完了到女孩家去的一段路，也查看了女孩家周边一些逼仄巷子。我到达女孩家前，从房屋面积上看，女孩家应该是中等人家。在这里我看到四散进行调查或刑事搜查的同事们。

在仔细观察这个处所时，我发现女孩家的场院里有片不大不小的空地，引诱着小孩子们去那里嬉闹玩乐，院子的墙则有些坍圮了，任何青少年都能攀过或跳过去。我看到了瓦利德探员，他正在一个角落和几个调查人员交谈着，其中一个面朝我的调查人员看到了我。我向他询问："你对这件事的第一印象是什么？"

"此事疑点重重。"

"说具体点。"

"这家里只住着三个人：父亲、母亲和女孩。"

"他们在哪儿？"

"我到达女孩家里时，女孩的母亲看上去十分崩溃,邻居苏阿黛和她在一起,女孩的母亲还没来得及和我说话就昏倒了。我们现在正在等救护车。至于女孩父亲,到现在他还没有露面。"

"他在哪儿?"

"调查组尝试和他联系,但他没有接电话。"

"真是奇怪,女孩或许和他在一起。我们在这儿找一找线索吧。"

我和瓦利德一起进入房子大厅,又一起向客厅走去,女孩的母亲就在那里。我看到她躺在地板上,身材修长,面容秀丽,邻居苏阿黛坐在她旁边,我要求和苏阿黛单独谈一谈。苏阿黛朝我走来,显得有些局促不安。我小心地向她发问道:"你是失踪女孩拉米娅一家的邻居吗?"

她沉默了一小会儿,随即答道:"是的。我很担忧。"

"没关系,有我们在。可以告诉我们发生了什么吗?"

"拉米娅的母亲在女儿失踪后到我家里来求助。"

"她具体对你说了些什么?"

"她说她准备食物准备得很疲惫,当她从客厅里走出来时找不到她女儿了,于是就来到我们家,请我们帮帮她。"

"她还说了什么?"

"那时她大喊着、哭泣着,我没法弄懂她具体都说了什么。当我告诉我丈夫乌萨玛后,他拨通了报警电话,随后按要求我们去最近的警察局,在那里正式报了案。"

救护车的声音从外面穿刺进来,在护理人员进入屋子并展开救护行动的几分钟里,我进到厨房,要求一个助理和犯罪摄影师跟着我,我开始记录一些细节。桌上几个倒下的杯子吸引了我的注意,灶台上有几个大锅,我往锅里看了几眼,又顺便查看了一些厨具和挂在墙上的急救箱。随后,我一边向卧室走去,一边要求我的助理把女孩父母的身份证明和相关文件给我。查看了一番后,我又重新回到客厅,看着女孩母亲被救护人员运出房间。

搜索队负责人来到我身旁,告诉我搜索工作一无所获,他们并没有任何有关失踪女孩的线索。我意识到我们确乎处境艰难,应更为审慎认真地去工作,在场的所有人,包括搜索队、指纹扫描组、刑案组和调查组的每一个人,都意识到了这起事件的严峻性。

瓦利德对我说:"我们去临近几户人家转转,进行些必要的调查,你觉得怎么样?"

我答道:"现在恐怕不合适,我们可能会打草惊蛇。"

"那么你有什么建议吗?"

"我们去医院,听听那位母亲会说些什么。另外,在此之前,我想要你查清女孩父亲的所在位置,这或许有助于找到这个女孩。"

"调查组已经开始寻找他了。"

"那么,我希望你准备一下,到这个区域内的小店里转转,检查一下女孩家附近每一栋废弃房屋和尚在施工的房子。"

听瓦利德布置好了搜查任务,我和苏阿黛一同前往她家。我想和她丈夫聊聊,但他却恰好不在家,苏阿黛说可能他去寻找女孩了。我又重新回到女孩家,拨通了助理纳赛尔的电话。他焦急地说在结婚礼堂并无失踪女孩的任何线索,并称大多数宾客已经离开礼堂了。我们陷入了僵局,到目前为止,我们还没有获得丝毫能够帮助我们找到女孩的证据或线索。女孩父亲不在家中,而母亲的心理和健康状况又让她无法配合调查,这一切糟透了。我仍在仔细地搜查临近的房子,同时感到不知所措。我看了看表,表针指向午夜十二点十五分。在这种时刻,能为我们提供失踪女孩一家人信息的人很少,女孩失踪的潜在目击者就更少了,或许压根就没有。但我坚信工作队经验丰富、警觉机敏,因此对处理这一次的事件仍保持乐观。

指纹扫描组结束了他们的工作,离开了女孩的家,调查组的一部分人员被安排在女孩家附近暂住,我命他们一旦有新进展就立刻直接与我联系。随后我径自前往结婚礼堂。

我把汽车停在礼堂管理处的对面,从车中出来,看了看高处的监控摄像头,随后进入了管理处。管理处的值班人员对我的出现感到十分诧异,我介绍了自己,并开门见山地同他交谈起来。

"我知道这不是一个合适的造访时间,看起来你已经准备要下班了,不过,我们正在寻找一名在附近失踪的女孩,希望得到你的帮助。"

"我不明白,我要怎么帮您呢?"

"过一会儿我的一个同事将过来找你,我希望你完全配合,允许他查看礼堂内外所有监控摄像头,包括从今天早上一直到此刻的记录。"

"我需要和技术负责人联系,好调取监控记录。"

"不必了,我的人有足够的经验,足以应付,你只需要协助他们工作就可以了。"

我起身走出房间,进入车内,随后和技术组联系,要他们火速赶来观看监控记录。忽然,安装在礼堂一个角落的摄像头引起了我的注意,这个摄像头的一侧能拍到女孩家附近的沙质街道，或许它能帮我们看到女孩在走出家门时，究竟发生了什么。

第二章

午夜 12：30，失踪四个半小时

萨利姆探长

我离开了蒂凡胡尔地区，去往萨格尔医院，这家医院距离失踪女孩家大约 15 分钟的车程。在路上，我收到了刑侦部门负责人的消息，他说他们找到了失踪女孩的父亲，找到他时他正在车里睡觉，他的车停靠在拉姆斯地区，这里距离他的家大约有25分钟的车程。听到这儿我忽然愣住了！为什么他会在这个时间把车开到离家这么远的地方来睡觉？他当时在做什么？这些细节令人十分疑惑。在我要挂掉电话之前，负责人又告诉我，女孩的父亲叫欧麦德，在一家私企工作。我让他们将欧麦德带到医院，以便我在到达医院后能第一时间对他进行调查。然后我打电话给瓦利德。

"有什么新情况吗？"

"我们仍在调查中。"

"叫纳赛尔接替你吧，我需要你立刻赶到医院来。"

"有什么新情况吗？"

"女孩的父亲正在赶来的路上。"

"你们在哪里找到他的?"

"在他的车上,他当时正在睡觉。"

瓦利德感到十分惊讶,尽管我们的工作有时会横生枝节,但是我们仍希望尽可能顺畅认真地处理各种事。我让瓦利德到医院来协助我进行调查,我相信他有能力应付当前的局面,更希望女孩的父亲能够帮助我们理清当前的迷局。但愿事情不要变得更复杂了,并且,我祈祷天亮前能够找到失踪的女孩。

离医院越来越近,我逐渐看到医院破旧的大楼,钢筋结构和它有些坍塌的一角都已经清晰可见。这所医院大概是 29 年前建的了,每当我到这里的时候,悲伤和幸福的回忆便会一起涌现,我多么希望今晚为失踪女孩的家庭留下的是一段圆满的回忆。我把车停到停车位,然后径直走向急诊室。急诊室大厅的中央是一个小的问询台,我停下来环视了一下四周,在我的右手边是行政处和警务室。我走过长廊来到分诊室,消毒水的味道充斥着整个房间,我小心地在病患之间穿行。我让一名患者帮我找到了拉米娅的母亲。我通知行政警官立刻来照顾拉米娅的母亲并和医疗队协调在最短的时间内让我们了解她的状况,随后,我到警卫处等待着女孩父亲的到来。我见了几名值班的警卫,向他们解释了事件的细节并向他们提出求助——我提出让他们在门廊尽头设立临时警卫处,我们需要远离拥挤吵闹的人群来办案。这是一个正确的建议,因为急诊室狭小逼仄、人群拥挤,我们需要安静的工作环境。我走向门廊尽头的房间,等待着瓦利德的到来。

瓦利德来了,我们展开了交谈,设想了女孩失踪的种种可能,随后女孩的父亲赶到了,他面容十分惊恐，随他而来的还有一些分队的警员，我和他打了招呼，示意他进来。

"你好，我是第一调查局探长萨利姆，这位是瓦利德上尉，我希望你现在能够冷静一下，我的警员正在进行他们的工作，我们一定会尽快找到你的女儿。"

"我想回家，我要自己在那里找她。"

"请您平复一下情绪，所有的警员都在寻找她，我们会找到她的，请别担心。瓦利德会和你谈话，我到外面处理一些事情。"

他表现得十分紧张，上气不接下气，他坐在破旧的椅子上低垂着头，我留他和瓦利德单独谈话，我们需要他一五一十地回答我们。

我走向隔壁的医生办公室，敲了敲门便走了进去，向他介绍了自己的身份。

"请问您了解我们病人的情况以及她的孩子失踪这件事情了吗?"

"是的,医院方面的负责人已经通知我了,我们正在尽力而为。"

"我们没时间了,越来越多的病人正在等您的医治,您能告诉我她现在的状况怎么样了吗?"

"刚刚我们对她进行了抢救,她刚刚苏醒过来了,现在情况稳定。"

我从医生办公室走出来,径直走向一个特别的房间,我敲了敲门,护士长出来了,让我等待五分钟。过了一会儿,正当拉米娅的母亲被安置好床位从洗手间出来时,我收到了瓦利德的消息,他告诉我女孩的父亲在谈话中暴露了疑点。

"好的,他说什么了?"

"他向我提及他在上班的路上,突然感受到了一阵奇怪的困意，这让他无法继续驾驶，于是他只好把车停在路边。"

"你说的'奇怪的困意'是什么意思？"

"我的意思是他说自己也是第一次遇见这种情况。"

"是什么时候发生的？"

"大约六点半，他从家中出发半个小时以后。"

"你现在可以来女孩母亲的房间一下吗，她准备好接受调查了，而且我想单独见一下女孩的父亲。"

女孩父亲对瓦利德说的话着实令人疑惑，我觉得有必要对他进行新的审查，我让瓦利德留在女孩母亲这里做调查。我找到女孩父亲，告诉他我们迄今为止都做了些什么，并告诉他他妻子的情况已经稳定。尽管以现在的情况他不可能集中精力和我进行谈话，对此我并不能过分指责，毕竟他的处境十分窘迫，但是我还是想要和他谈一谈。

"你和你的朋友有什么过节吗？或者说他们之中有没有任何人可能和你女儿的失踪有关？"

"没有，我和我的朋友没有发生过什么纠纷，我没有人要指控。"

"那事情可能要归因于家庭的疏忽，你们没有看管好孩子。"

"我现在没法集中注意力，我感到头晕。"

他有些失控，右手开始止不住地颤抖，他失去了重心差点仰面倒下，我立刻抓住了他，让他坐到了椅子上。小小的房间霎时被沉默淹没，女孩的父亲开始战栗，不敢相信女儿发生了什么，并要求和他的妻子见面。然而，我拒绝了他的请求。我从房间里出来，命令一名警员把他带到警卫处暂时禁闭起来。我又向值班医生办公室走去，我请求医生给我们提供女孩父亲当前状况的医学诊断并对他进行必要的检查，以了解女孩父亲所说的"困意"是否是反常现象，与此同时，瓦利德急匆匆地向我走来报告给我他和女孩母亲的谈话内容。

"女孩母亲提供了新的信息，她说女孩失踪前半个小时左右，水管维修工人来过家中。"

"维修工！"

"她说她也很疑惑，因为维修工是不请自来的。"

"你去向女孩的母亲或者父亲索要一下维修工的电话号码。"

瓦利德离开了，我立刻联系了调查组告诉他们最新的进展，告诉他们等我们确定了维修工的身份、住所以及他可能去的地方以后，立刻展开对他的调查。瓦利德回来了，不幸的是，他没有要到电话号码。我们所能获得的信息局限在女孩母亲的描述中。

我重新联系了调查组,让他们调查整个地区的维修店铺,寻找有嫌疑的维修工人,并且我要求他们询问女孩的邻居们,有可能这个维修工会在这几家附近逗留。

接近凌晨两点了,我知道在这个时候询问邻里是否看到某一个人这样的问题是一件困难的事情,各个维修店也都关着门,寻找一个工人绝非易事,更何况如果嫌疑人是单独工作或者违法经营,那寻找的难度就更大了。我们一时间陷入了困境。

我让瓦利德回到女孩家中和调查组一起确定维修工的身份、住址并对他展开调查。瓦利德勉强同意了,我知道他想在这里跟进对女孩母亲和父亲的调查。他在调查方面很有天赋,尽管他和我一起进行调查才几年的时间。我非常理解他想要帮忙的意愿,但是命令高于个人意志,况且,嫌疑人曾造访女孩的家，以瓦利德的智慧和经验，一定能够找到蛛丝马迹引导我们找到失踪的女孩。

我又回到了女孩母亲的房间，她的脑海里萦绕着许许多多挥之不去的问题。我一进到房间，就看到她坐在床边，眼神空洞地盯着天花板，面色惨淡，仿佛丧失了一切希望一般，一种诡异的死寂笼罩着她，周身散发出令人惊讶又害怕的气氛。她示意护士离开，于是护士礼貌地笑了笑，从房间出去了。我在她身后关上了门，我的目光投向拉米娅的母亲并向她做了自我介绍。我试图安抚她的情绪，并告诉她我们已经将此案件提到最高级别，所有相关的小组都已经出动寻找她的女儿了，然后我问她："现在，我希望你尽可能集中你全部的注意力回答我的问题，当你女儿失踪的时候你在哪里？"

她的声音极其细微。

"我当时正在厨房准备晚餐，当时拉米娅正和平时一样在大厅里玩耍。"

"你当时没有听到她的声音或者其他什么声音？"

"没有。"

我提高音量回答道："奇怪，她就这么在你毫不知情的情况下失踪了。"

她又哭了起来，谈话被迫终止了，我从房间里出来，内心希望她的情况不要继续恶化了。我告诉护士暂时不要让她出房间，也不要让任何访客来打扰她，我又和护士强调，有任何意外情况发生要立刻和警卫处联系。

我回到临时办公室，开始重新整理思绪，并尝试着在脑海中描绘最接近这次案件的事情发展走向。毫无疑问，一定有什么证据和推论能够终结这笼罩着所有一切谜题的担忧。现在为止，第一手的证据表明孩子是在家中的大厅或者庭院被有着某些动机的不知名人士带走的。根据女孩母亲和父亲的阐述，他们与亲友之间不存在有仇人的情况，我们排除了报复行为的可能性。考虑到周围居住着许多单身汉，动机很有可能是强奸或者其他我们不知道的目的。情况变得十分令人担忧，但是作为警察，我们必须考虑到最坏的可能性。

女孩父亲的医学检验结果出来了，我开始阅读报告，突然间我对女孩父亲产生了怀疑，他服用了有助眠作用的药物，这就是他会把车停在路边并在车里睡觉的原因。我起身准备重新去警卫处询问他，我来到房间找他却没有发现他，我询问负责监视他的警员他的去向，他说女孩的父亲请求去一趟洗手间！我立刻命令他去寻找女孩父亲。他和另一名警员出去寻找了一番但是并没有找到，随后，我请求调查组加大警力抓捕女孩的父亲并要在最快时间内将他缉拿归案。

这个糊涂的父亲啊,他到底去了哪里?他在上班的路上吃下这种药究竟是为了什么?如果他是自己吃下这个药,又为什么和我们说他是"第一次"感受到这股"奇怪的困意"?他到底想告诉我们什么?这对他来说有什么好处?

我联系了正处于蒂凡胡尔区的搜救队,但并没有得到什么振奋人心的消息,我建议他们再做尝试,但是队长告诉我他们已经这样徒劳无功地尝试不止一次了。随后,他向我提出了建议,他们认为或许可以到邻居家搜寻女孩的踪迹,有可能是邻居绑架了她,现在正将她关在家中。我示意他不要着急,稍作等待,他尝试向我解释他的立场以便我尽快同意实施他的建议,但是我已经做出了决定。如果事情真的和他设想的一样,那我们冒然搜查邻居家的行为很有可能打草惊蛇,女孩如果在他们手里,就很可能遭遇不测,我们现在应该做的是释放安全信号,让绑匪放松警惕以防止女孩遭到毒手。和罪犯打交道,首要的就是从心理上让他们感到安全,他们才会给你真正的"安全",这才是我们现在应该集中精力去做的事情,以便失踪的女孩能够平安归来。

我从医院出来,站在角落,诅咒着这无孔不入的寒风,我联系了刑侦部门,让他们给全国所有警察局和医院都发一份有关失踪女孩案件的极其详细的紧急通报。我伫立在医院的一处角落,仔细端详着来来往往的人群,我心乱如麻,那些牵动着女孩命运的事情着实让我担忧。正在这时,指纹学专家的一通重要的电话打断了我的思考,他说从失踪女孩家中提取的指纹信息结果已经出来了,根据相关部门的研究结果,已经找到的指纹信息隶属于一家餐厅的员工,指纹是从失踪女孩家的外门上找到的。我谢过了他在工作上的仔细认真,然后准备联系瓦利德。

"瓦利德,你们到了吗?"

"快到了。"

"你们将会有一位新的"客人",根据指纹学专家的报告,他和这起案件有着脱不开的干系。"

"他是谁?"

"一家餐厅的员工,他曾经造访并触碰过女孩家的大门。"

"你推断他造访的原因是什么?"

"我们必须朝着最坏的方向设想。"

"那我就静候他的到来了。"

"记得通知我任何你能获得的重要信息。"

我和瓦利德结束了交谈，随即给助手纳赛尔打了一通电话，告诉了他该名员工的身份、住址等必要信息，并告诉他有必要将这名员工带到女孩家中，瓦利德将在那里与他会面。

说实话，我原本给自己定了三个小时的期限寻找到女孩，但是现在已经接近凌晨四点了，这意味着，我们已经花费了近五个小时了，然而，我们仍旧没有找到能够帮助我们确定女孩位置的真正的线索。

女孩的父亲处于奇怪的状态中，但是没有任何清晰的证据表明他和女孩的失踪有关；女孩的母亲目前正面临精神崩溃和严重的心理忧虑；水管维修工人和餐厅员工在女孩失踪期间来到过犯罪现场，并且他俩是此次案件的主要嫌疑人。

搜索队完成了搜寻，结果依旧不尽人意。

第三章

凌晨4：00，失踪后八小时

瓦利德探员

把在医院继续调查女孩父母的事务留给萨利姆探长后，我向着女孩家赶去。其实，这时候我更希望继续和女孩母亲谈下去——我正全神贯注，而女孩母亲也正在讲述在女孩失踪稍早些时候发生的事，倘不是萨利姆探长的命令，我估摸着她会讲出更多重要信息的。

抵达女孩家中后，我静待着这个疑点重重的餐厅员工的到来。纳赛尔告诉我该员工找到时正在餐厅的职工宿舍，很快就会前来。与此同时，通过询问邻居、检索该区域的所有维修工相关信息，那名维修工的住址也已经确定，调查组的一部分助理正快马加鞭地朝那里赶去。

这时候，萨利姆探长打来电话，我对他说道："有新情况我得向你汇报。我们得到了技术组的报告，称结婚礼堂边的那个摄像头没能拍到女孩家附近的异常，但拍摄到女孩家附近街道的几辆汽车，所以我叫刑侦部门调查这些车主的身份，并准备一份车主的名单。"

"这将是一项十分困难的工作啊！我们需要检索许多东西。"

"我知道。不过这是必要工作，我会认真处理每一个细节的。"

"你的思考方式确实复杂了些，但也着实考虑得周全！"

"这是很重要的步骤，或许能帮助我们发现些许证据。"

"还有一件事，女孩父亲消失了，我已命搜索队去找他了。"

"消失了！他为什么要这么做？"

"我不知道，瓦利德。如你有什么发现，请务必告诉我。"

我很喜欢萨利姆探长的领导方式，对于任何案件，他总能抽丝剥茧，总是滴水不漏，尽管我本人在调查方面资历尚浅，但我很享受他把任务委派给我的那种感觉。我十分清楚，他对案件的认识总是另辟蹊径，同样我也觉得他身上有与其他同事迥然不同的特质。

纳赛尔助理已经带着那个餐厅员工来到了我的面前——那餐厅员工体型瘦削，脸上写着些许惊恐与疲惫，因睡眠不足而双眼通红。员工讲的是乌尔都语，这是一种在工人中十分常见的语言，调查组中有一个精通该语，因此与餐厅员工沟通并没有障碍，我直入主题地问他："你昨天到过失踪女孩的家里吗？"

"是的。"

"那么，告诉我你为什么会在那儿，以及这是什么时候的事？"

"是晚上八点，我去送晚餐的外卖。"

"是谁叫的外卖?"

"我不知道,我只是一个送外卖的,听从餐厅经理的差遣。"

"你在这里看没看到过一个小女孩?或者在房子附近见到过什么可疑的人吗?"

"没有,我敲了房子的门,但没人来开门,我就离开了,但我记得我看到一辆汽车正好停在这个房子门前。"

"车是什么型号?"

"是一辆三厢的轿车,但我不知道它属于哪个厂商。"

"还记得车牌号吗?"

"不,我不记得了。"

"汽车是什么颜色的?"

"黑色。"

"它的车灯是打开的吗?"

"不,我不认为车灯打开了,它的车灯应该是关着的。"

新的信息已在我们面前浮现,有人将车停在了房子附近,或许他就是这起事件的嫌疑人之一,或许他就是绑架女孩的始作俑者!他的动机究竟是什么呢?

根据我们得到的报告细节,这辆汽车出现的时间恰好和女孩消失的时间相吻合,这一细节十分重要。而另一个同样重要的细节是,一定是有人从餐厅叫了晚餐外卖,那么叫外卖的人也许是女孩的母亲,也许是和这个女孩被绑架的事件脱不了干系的未知某人。究竟是谁叫的外卖呢?我简直难以决断!我让纳赛尔前往餐厅,确定预订晚餐的电话号码,并报告给刑侦组以确定该号码主人的身份。

我又让纳赛尔监视这个餐厅员工,不许他离开。随后我联系了萨利姆探长。

"长官,我们对餐厅员工进行了调查,他否认对女孩的事情有所了解,只说自己是一个负责送外卖的员工。他提到一件重要的事:他看到一辆汽车曾以一种可疑的方式停到女孩家门旁。"

"真是咄咄怪事,我会通知刑侦组的,或许,这辆车和库尔尼什街那个礼堂的监控摄像头拍到某辆车子能对的上。"

"我希望我们能知道车主的身份。可以肯定,他现在已经置身于嫌疑旋涡的中心了。"

"你派人到餐厅去确认是谁定的晚餐了吗?"

"是的,纳赛尔助理正在去那儿的路上。"

"好得很。"

某种程度上，这一案件开始显得愈加复杂了，一阵紧张感向我袭来。我走到房子的场院里，从口袋里掏出烟盒，我管它叫"安全之盒"——我有些许烟瘾，我发现每当我陷入焦虑不安，它总能让我重获力量。我从烟盒中抽出一根烟并点燃，自己也好像抽离出来，随后沮丧消沉的情绪一股脑儿烟消云散了。就在此时，院子一侧传来一阵喧嚣，我迅速走过去，几个助理正拽住尝试逃跑的女孩父亲，他声嘶力竭地呼喊着女儿的名字"拉米娅"。眼前的一幕令我非常吃惊，看上去现在这位父亲已然失控，开始不顾一切地寻找他的女儿。我心中忽然涌出一阵同情，我全然理解父亲的感受。当失去孩子后，为人父母者谁能保证自己会做出什么事呢？

　　我陷入了往昔的回忆。曾有一件极为可悲的事情降诸我身上，时至今日，我都不知自己究竟是如何从那段阴晦惨淡的日子中走出来的。那时我尚年轻，这一事故的发生让我迅速成熟起来。也是由于这场事故，我染上了烟瘾，我脑海中的一切思考不得不倚仗香烟。确切来讲，那是在三年前，一场意外夺去了我小儿子的生命——那时他的年纪尚不足一岁半。一个清晨，我的儿子正在他爷爷的汽车后方玩耍。然而爷爷全然不知小孙子就在车后，他向后倒车，紧接着便惊恐万分地目睹了自己孙子的死亡。我父亲因此事悲痛欲绝，我们全家又何尝不是如此！事故发生时我正在执行公务，这一消息如同晴天霹雳般向我袭来，我已记不太清那时自己具体都做了些什么，但我仍记得我如同发疯一般地埋怨我的妻子，认为发生的一切都是由于她的疏忽！那时我全然失去了理智，全然不懂得宽恕为何物。我抛弃了妻子，离开家门，将自己与世界隔绝，度过了离群索居的两个月。而我后来才知道，妻子也同样生活在内心的煎熬中，变成了心理门诊的常客。丧失爱子的悲恸把我们的生活毁得一塌糊涂，但我毕竟撑过了艰难时刻，最终回归到正常的生活轨道。警察局的每个同事都对我表现出极大的理解与信任，我也成功地通过了所有精神与心理测试，重返工作岗位。

我要求助理们将女孩父亲锁定为案件的重要嫌疑人，这样做能迫使他更认真地与我们合作。随后，我又联系了萨利姆探长。

"我们在院子里找到了女孩的父亲。"

"他那时正在做什么？"

"看起来他正在找寻他的女儿。"

"他这是伤心过了头，还是仅仅不想合作？"

"两种可能性都是有的。"

"你派助理们去医院了吗?"

"我会派他们去的。"

"还有一件事,刑侦部门向我报告,那个餐厅员工告诉你的汽车型号,和库尔尼什街礼堂摄像头拍到的车型都不匹配!"

"那么设想不成立。"

"是啊,不成立。但我已命技术部门去检索蒂凡胡尔区所有临近街道监控摄像头的记录了,查看晚上八点前后所有进入该区的与那辆黑色汽车相似的车子,并让他们将结果传送给刑侦部门,以便查出车主的身份。"

"不坏嘛。"

"这一步十分关键,查明这辆车的车主毫无疑问对我们大有帮助。"

"好像维修工已经到了。"

"别挂电话,我想听听调查他的过程。"

维修工和一个助理一起走进了院子。找到这个维修工颇花费了调查人员一番周折,毕竟在这个区里有着数目不小的蓝领家庭。维修工的白衬衫上,一小块黑色的油污晕染成抽象的图案,阵阵汗臭味从他身上散发出来,我看到他的眼中流露出惊恐的神色,让他简直难以挪动他那硕大的身躯。我叫来了翻译,顺便将这维修工仔仔细细打量了一番。萨利姆探长还没挂电话,准备聆听调查的进展。我让维修工坐下,随后开始向他询问。

"昨天晚上你在这儿做什么?"

他显得局促不安,时而浑身发抖,时而以手掩面,有时摆弄着他的胡须,有时又缄默不语。他嗫嚅着回答我的问题。

"我来修理水管的故障……"

"这是在几点的时候?"

他沉默了一阵子,俨然忘记了时间一般,随后才惊恐地说下去。

"在七八点之间吧……"

"为什么没人叫你,你却自己过来了?"

"我那时正在邻家工作,因为这一家完全堵塞了,影响到邻家的水管,我才不得不过来的。"

"你能确切告诉我你那时在哪一所房子里工作吗?"

"就在右面相邻的那家。"

"你看到过一个女孩在这里玩耍吗?"

"是的,我在客厅里见过她。"

"你在房子附近看到过某个陌生人或汽车吗?"

"没有,我都没看到过。"

这时,萨利姆探长打断了我们的谈话,问我道:

"他说的邻居家是苏阿黛家,对吗?"

"是的,确凿无疑。"

"告诉我你对这个维修工的感觉。"

"老实讲,我不能确定。看上去他拘谨不安、不明就里。"

"很好。我希望你去邻家一趟,让一个技术人员检查水管,以验证维修工的说辞。同时,我希望把这个维修工交给刑侦组控制。"

"我讨厌'巧合'这样的说法。"这是萨利姆探长常常挂在口头的一句话,尤其是发生刑事案件时更是如此。这也是我常说的一句话,但愿女孩家的嫌疑人别是什么纯粹的巧合吧,对于这一事件,我们已消耗了大量的时间和精力。

我和技术组取得了联系,命他们派一个技术人员到邻居家去,随后我和一名助理也赶到邻居家中。

我敲了几下门,没人应答,似乎家中的人正因深深的疲惫感而沉沉睡去,他们为寻找女孩提供了许多帮助。过了一阵子,苏阿黛从房中出来了,我问她可有什么新情况,她告诉我她试图打给拉米娅的母亲,但她没接电话。我告诉她拉米娅的母亲现在一切安好,而我们的人正在不遗余力地寻找女孩。随后我请求她在她丈夫在场的情况下再接受一番调查。这一调查事关重大,她立刻就同意了。

我们在一间屋子里坐定,她丈夫走了进来,对自己的迟到表示了歉意,我开始和他交谈起来。

"感谢你们对我们工作的配合,我理解你们的感受,我们现在都处于艰难局面之中。昨天在女孩拉米娅失踪前,你们因为一个水管堵塞了,就叫了个维修工过来帮忙,是这样吗?"

"是的,维修工说要去瞧瞧与拉米娅家连通的主水管。"

"问题解决了吗?"

"解决了,维修工已经修好了。"

"可以允许我们的技术组去查看一下吗?"

"可以的,没有问题。"

"好,可以告诉我你们和拉米娅一家关系如何吗?"

乌萨玛沉默了,他的妻子接过了话头,说道:"我们在这里住了五年了,拉米娅一家是两年前搬过来的,我们与他们家的关系不错。拉米娅的母亲有时会向我倾诉她夫妻生活中的苦水,但我很注意,让自己尽量不过多染指她的家事。"

我没有一股脑儿地把问题全抛出来,而是先对他们的合作表示了感谢,随后请他们在技术人员到达后予以配合。我把苏阿黛的丈夫叫了出去,好再单独和他谈一谈。

乌萨玛和我一起走到房子外部场院的一个角落。

"你和拉米娅父亲的关系如何?"

"由于他工作的关系,我和他见面并不多。我有空闲的时候他很少在家。"

"昨天报案后你去了哪?"

"我就待在家里。"

"我觉得不是。我同事萨利姆来过这儿,想找你,但你不在家。"

"是的,我出门去找那女孩了,她可能在附近迷路了吧。"

"你知道,为了女孩着想,应当老老实实地合作。"

"我同意,愿意听从任何吩咐,全力配合。"

"昨天你没见到女孩家附近有任何的异常之

处吗?"

"没有,一切都很正常。"

"把你的电话号码给我,我们可能会需要你的帮助。"

"乐意效劳。"

我们彼此交换了电话号码,我要求他一旦有情况就立刻和我联系。随后,我前往医院,中途接到了助理纳赛尔打来的一通意义重大的电话。

"长官,我们调查了向餐厅叫晚餐外卖的号码,机主并不是拉米娅的母亲,而是另一个人。"

"你们确定他的身份了吗?"

"电话是由同一个区的一个商铺店主的座机打出的,我正在赶往那里,调查打电话的人的身份。"

"很好。我现在正在去医院的路上,我希望你随时向我通报最新进展。"

第四章

次日早晨7：00，失踪11小时

萨利姆探长

纳赛尔告诉我那通匿名电话来自一个杂货店，我内心开始琢磨，为何那通电话打来的时间刚好和女孩失踪的时间一致呢？为什么女孩父亲的医疗检验报告显示他有疑点？维修工人出现在女孩家门口真的只是巧合吗？

水管工人暂时可以摆脱嫌疑，技术组检查了水管，证明了邻居的话没有错，同时也证明了他和这起案件无关。但在调查结束之前，我认为不可以对他放松警惕，直到我们找到女孩为止。

瓦利德赶到了医院，我在医院外见到了他，便主动开口说："我看你有些累了。"

"没关系，我已经习惯了，告诉我，有什么新情况吗？"

"很遗憾，老兄，我想你得和我一起见见女孩的父亲。"

我们走进办公室，女孩的父亲坐在那里，我示意监管人员出去，我和瓦利德需要一起对他进行新的调查。

"嘿，你不配合我们的调查，这会让我们的努力白费的，对你来说也没什么好处。案件有新的进展，我想你需要知道。"

女孩父亲低下了头，双手抱住了头部，我只好单刀直入地和他谈话。

"有证据表明你吃的药会导致困意。"

他抬起头摇了摇说："这不可能。"

"那你告诉我究竟发生了什么，你为什么会突然犯困？"

"我什么药都没有吃。"

"你想说有人在你不知情的情况下在你的饮食中下了药？"

"这不可能，没人有理由那样做。"

"另外，还有一件重要的事情，有人匿名打电话给本地的一家餐厅订了晚餐，餐厅员工把晚餐送到了你家。"

"我不知道,可能是我妻子订的吧。"

"可是她和我说当时她正在准备晚餐,她同时还说自己并没有订任何外卖。"

"我不知道,事情真的太复杂了,我现在只想见到我的女儿。"

瓦利德的手机响了,便示意我他要出去一下,我同意了,我留下来继续审问女孩父亲。

"你和妻子的关系怎么样,你们俩之前有过冲突吗?"

"不,没有的,但是她性格有些反复无常。"

"她之前和我们说你忽视家庭,不重视家里人。"

"怎么会,没有的事。"

"没关系,我们会调查清楚你说的是否属实。你现在想去看看她吗?"

"是的。"

我让一名助手带他去他妻子的房间,并让助手近距离听一下他们俩之间的对话,这对案情发展可能会有帮助。另外,我还严加叮嘱助手一定要看好夫妻二人,让他们不要随意出门,随后,我走向了正在打电话的瓦利德。

他和我说道:"已经调查过杂货商了,杂货商说有一个人来到店里买了很多东西,然后要借电话一用。杂货商拒绝了他,他就给了杂货商一些钱,他只打了不到两分钟就出去了,杂货商还说他是第一次见到那个人,那个人应该是一个外地人,他还特地看了一下,那个人开了一辆白色的车。"

"我们应该把这个消息告诉刑侦部门。"

"我已经告诉他们了,我希望这个线索能帮我们尽快找到女孩。"

"瓦利德，我觉得你需要好好休息一下，哈姆丹探长会来帮助我们。"

很明显，大家都很疲惫了，尤其是瓦利德，他为这个案子付出了相当大的努力，又在女孩家和医院之间来回奔波了好几次。我让他好好休息一下，我们警力充足，调查人手足够，能够尽快破案。我走出医院，直奔刑事调查处，我们要和所有相关工作组的负责人开一次紧急会议，有必要回顾我们的调查以及包括女孩父母在内的所有嫌疑人的供词，并且进一步探讨案件发展的可能性。

我发动了汽车，到最近的加油站去，让工作人员帮忙加满了油。就在工作人员给我加油的间隙，我注意到一个工作人员手里牵着一个小女孩，正向加油站角落里的商店走去。我朝他们走过去，那个人的眼神十分奇怪，小女孩不知为何看起来正在哭着。我进了商店，谨慎地监视着他。他的衣着容貌和我们手中收集到的信息并不能对上。我十分担心，不知如何是好，我也不知道为何我要花费时间监视他们，他也在打量我，好像我是一个正在从远处监视他的奇怪的人。小女孩突然笑了，然后大声喊道："爸爸，我想要这个玩具。"

这句话打断了我的思路，也瞬间打消了我的疑虑，我赶忙装作要买东西的样子，然后快速从商店出去了。他的目光一直跟随着我，直到我发动车子离开了。女孩的声音一直在我脑海中回响，就好像是我寻找失踪女孩的一线希望一样。我把车停到警察局大楼旁边，抬起头，透过大楼旁的围栏仰视这座高大的建筑，穿过大门，我把车停到了本部门的停车位。我从车上下来，直奔自己那可以俯瞰花园的办公室，我打开了每一扇窗子，然后一屁股坐到了我温暖的皮沙发上,巨大的冲击让我不禁有些头疼,现在我最想要的,莫过于一杯如同黑夜一般苦涩的美式黑咖啡。我什么也不想要,就只想尝一尝那苦涩的味道,就像目前仍旧无法理清头绪的复杂案件带给我们的感觉一样。那咖啡能够帮我整理思绪,为我疲惫不堪的身躯注入一丝新的活力。我让一个工作人员帮我去买了,我拿起报告,里面汇总了所有有嫌疑的车辆,也就是与餐厅员工描述一致的车辆信息,这些车辆出入本地区的时间刚好都在女孩失踪前后,现在我们的任务就是排查这些车辆主人的身份。希望他们其中一个人和本次案件有关。已掌握的具体的线索都已经中断了,这些车辆信息或许能够给我们解决这起案件提供一些积极的帮助。

负责监视女孩父母的助手给我打了电话:"我听了他们全部的对话,他们在互相指责。女孩父亲指责母亲，说她太粗心大意，把女孩失踪的责任都推给了母亲。母亲则又陷入了歇斯底里的状态，她大吵大叫，试图将父亲赶出房间。他们俩的嗓门越来越大，几乎到了要动手的程度，护士决定让父亲先出去，于是他被送到了办公室里，由一名助手看护着。"

情况有些不太妙，他们之间的关系有些紧张，我认真地考虑要不要将他们带到这里来，以防止那里的情况继续恶化。我联系了瓦利德，和他谈了几句，他说应该让那两口子继续留在医院里，以便医护人员随时观察他们的情况，直到他们俩的健康状况都稳定下来。他让我把女孩的父母放心交给他来监管，他说我们需要集中精力调查新出现的情况，我同意了他的建议。

哈姆丹探长到了，他值白班，负责带领调查队，我的夜班结束了，他来接替我。和他打过招呼后，我向他简单介绍了案件的基本情况，他建议我回家休息一下，我拒绝了，我决定继续工作。这个案件烦琐而且棘手，尤其是它线索十分模糊，几乎让我们无从下手。我很高兴哈姆丹能够参与这次调查，他经验丰富又十分机敏，这能够在揭开这起案件谜底的过程中助我们一臂之力。所有人都忧心忡忡，包括和这次案件相关的小组、警察、失踪女孩的家人。尽管线索缺乏，我们工作依旧全身心地投入，此次案件发生在夜间，这比白天发生的案件情况更为复杂，何况该起案件发生在一个年龄尚幼的小女孩身上，而我们现在对她的情况一无所知。所有人都心急如焚地寻找着女孩的下落，希望她安然无恙地归来。

咖啡到了，我令工作人员把它送到会议室，会议快开始了。哈姆丹和我一起进了会议室，我们看到了不同单位的诸多长官，他们都在等我做关于最新进展的简报。我向他们汇报了我们关于寻找失踪女孩付出的努力以及现阶段取得的结果，其间，搜索队的负责人又向我重复了他的建议："我认为我们有必要搜查那些有可能藏纳嫌疑人的房屋以及女孩家附近的出租屋。"

咖啡的苦味让我不禁皱了一下眉头，紧接着我回答道："这个意见我们已经讨论并且处理过了。"

他的脸瞬间变了色，紧接着激动地说道："我在这里是为了听取其他长官们的意见！"

刑侦部门的负责人回答他："我反对强闯民居，假设女孩真的在里面，你知道对女孩来说后果有多严重吗？如果真的有绑架者藏匿在里面，他们很容易就能逃走。"

搜索队负责人眉毛拧成一团,愤怒地回答道:"你以为女孩现在仍旧还活着吗?"

"我不知道。"

"你们没有任何有关绑匪的线索,有时候冒冒风险也是必要的。"

他看向警察局的局长,我主动说道:"我同意你的意见,但是我们要在找到嫌疑车辆的主人并且做完调查之后才能实施这个计划,在他们身上我们或许能发现案件的重要线索。"

"我和我的队员随时准备好行动,静等你们的指挥。"

哈姆丹探长说:"根据最新进展和当前的信息,我们面临严峻的挑战,同时肩负着极重大的责任,我要求你们所有人及你们的队员都要集中精力开展工作,再加把劲儿。在接下来的几个小时内,时刻牢记'时间就是生命',祝你们成功。"

  会议室内的讨论还没有结束就已经卓有成效,大家达成了高度共识,所有人都表达了要拯救无辜女孩的强烈愿望。她的照片显示在墙上的大屏幕上,我擦了擦眼泪,抑制住内心的悲伤,眼睛注视着她无辜的脸庞。

第五章

上午9:30,失踪后十三个半小时

哈姆丹探长

我从会议厅出来到我的办公室里坐下,回想和案件有关的每个人说过的话。我反复忖度苏阿黛的丈夫,那个名叫乌萨玛的报案人的言辞,总觉疑窦丛生。于是我决定去刑侦部门一趟,让他们调出这两天乌萨玛的全部谈话记录,我想确定一下这家伙究竟多大程度上卷入了此事。

我又与调查组取得了联系,调查组称他们找来了蒂凡胡尔区附近几条主要街道监控摄像头拍下的有嫌疑车辆的主人。于是我到萨利姆探长的办公室向他报告了这一情况,他要求和我一起调查这些车主。我们聆听了调查的过程,所有的车主都矢口否认与此事有任何关联。通过探查、电话监听和审查车主们在女孩消失的时段出现在本区的原因,我确信他们与本案毫无干系。我们没有找到任何的疑点或证据,萨利姆探长要我去他办公室一趟,他看上去满脸倦怠。

我与他交谈起来。他的疲态之上又有点焦虑。

"对于当下的情况,你有什么要说的吗?"

"我认为餐厅员工在女孩家附近看到的那辆黑色汽车没有离开本区。"

"那么,这车去了哪儿?"

"我想可以假设,绑匪用在本区内更换车辆的方式躲过了摄像头的监控!"

"如果你的假设是正确的,那么和我们较量的就是职业罪犯了。我们还可以假设餐厅员工弄错了汽车颜色。"

"也许吧……或者他试图用杜撰的谎言将我们引上歧途!"

"不……我不认为如此,这仅仅是瓦利德上尉的报告,这使得餐厅员工免受怀疑!"

这次争论很快宣告平息,形势却愈发复杂了,时间一分一秒地流逝。我建议萨利姆探长通行知技术部门,把女孩的照片发布在社交媒体上,号召网民有任何关于女孩的线索都要通知我们。萨利姆探长立刻同意了我的想法。我们随后前往女孩家附近的几所房子,寻找这里的蛛丝马迹,这是必不可少的环节,萨利姆探长也没有反对。我通知搜查队队长去执行这项任务,他欣然允诺。

萨利姆探长对我说道:"我一度希望那个往商铺打电话订晚餐者的车型,能和在女孩家附近停着的那辆车对上,可是事实并不如我们所设想的那样,这让整个事件变得更加棘手了。"

"我们应该预料到最坏的情形。"

"有点儿想痛痛快快地酣睡一场。"

"别太逞强,你真应该好好休息一下。让我再重新看看案件材料,你会收到好消息的。"

"希望你看到,与女孩失踪关联最紧密的,是那个叫晚餐外卖的人,他是我们顺藤摸瓜找到女孩的主要线索。"

"没准儿是其他某人……放心，萨利姆……我会竭尽所能找回女孩的。"

萨利姆热爱工作，他对此次的失踪案件尤为上心，这让他不眠不休。我走出房间，把萨利姆一个人留在办公室里。我决意去萨格尔医院一趟，我想在那里与瓦利德碰头，以了解所有新进展。我从办公大楼出来，发动汽车朝着医院驶去。所有案情在我头脑中颠来倒去，我试图捋出案件的大致脚本，这一脚本中凝结了萨利姆和瓦利德的许多贡献。我会找到案件背后的暗线，找到女孩之所在。

车开到半路，我的电话响了，是刑侦部门打来的，他们告诉我报案人乌萨玛与拉米娅的母亲之间关系暧昧，乌萨玛曾用另一个手机号码与拉米娅母亲联系，而该号码在她那里并没有备注姓名，这是在三天前发生的。刑侦人员还告诉我他们调取了二人的通话录音,但他们的谈话被加密过,又匆匆而止,刑侦人员无法理解其含义。这真是出乎意料的新情况。

  我立刻和调查组联系,叫他们速到乌萨玛家中,把他带到警局来接受审问。与此同时我也到达医院大门附近,我驾车穿过大门,找到最近的停车位,下车,匆匆走到瓦利德所在的办公室,问他道:"瓦利德,有什么新进展?"

  "你好长官,我这儿没什么新情况。"

  "拉米娅的母亲和她邻居乌萨玛之间有可疑的关系。"

  "你是怎么了解到的?"

  "我们发现了他们两人之间几条意义不明的通话记录!"

"这可真是让人始料未及。你们确定二人具体是什么关系了吗?"

"我们的人正在路上,我已命他们去把乌萨玛带过来接受调查了。"

"看起来我们要对女孩母亲重新展开调查,要采取特别手段。"

"看起来是这样的。"

"长官,在房间里女孩父母之间发生的事情说明,女孩的失踪与她双亲的复杂关系不可能毫无瓜葛。更何况,她父亲还在上班的路上发生了因莫名困意而陷入沉睡的怪事。"

"瓦利德,我们不能只考虑女孩失踪后的发生的事,也应该向前再找找看。"

我让瓦利德离开医院,前往警局以参与对报案人乌萨玛的调查。我同时命他向萨利姆探长汇报案件最新动态。

我觉得应该先去和女孩父亲谈谈，遂叫一个助理把父亲请到办公室。我们分别落座，我开始就女孩失踪前的相关情况向他提问。他告诉我他和他妻子的关系不好，她总是制造麻烦，总发无名火，严重的是她有好几次离家出走，还不顾他的反对，执意要往娘家跑。他还向我提到，在他不在家的日子里，他总很想与妻子联系。这是一种出于担心的预防措施。根据他的描述，女孩失踪前的五天中，妻子的性格愈发反复无常。

女孩父亲谈到的这些也是生活里的常事，看上去和女孩的失踪没什么实质性联系。但我还是要求我们的人去检索女孩母亲既往身体与心理状况的医疗记录。我谢过了女孩父亲，并向他承诺各组人员都会全力以赴，追踪女孩的线索，不惜一切代价也要找到她。我正准备告辞,女孩父亲却赶了上来,拉住我说道:"还有一件事。"

"是什么?"

"她曾经数次要求离婚,我都拒绝了。"

"看起来你们之间的分歧近乎无法弥合了啊。"

我匆匆离开,沿走廊向着女孩母亲所在的房间走去。我走到房间门口,敲了敲门,旋即走了进去,正好瞥见她脸上写满令人费解的紧张。我试图安慰她,请她为她的小姑娘祈祷,并告诉她我们对女孩能平安归来都坚信不疑。随后,我直奔主题。

"我知道你和你丈夫的关系很糟,你不止一次地要求离婚,但都被他拒绝了。"

"是这样的。"

"这是否能解释你和苏阿黛的丈夫乌萨玛之间进展神速的关系呢?"

"你在说什么啊?我和他只是单纯的邻里关系。"

"你们之间有好几次通话记录。"

"你在暗示什么?"

"我没有暗示任何东西,只想要一个答案。"

"只是单纯的邻里关系。"

"我指控你实施了对你女儿的绑架,你的伪装就要到头了。"

我命令几个助理把她带出屋子,让他们把她押到警局。她叫嚷着,不肯从屋子里出去。与此同时,我也让助手们把她眼下的情况告诉孩子父亲,并把他也一起请到警局。我请孩子父亲冷静一些、安心一点。

我对女孩母亲的指控是获得更多真相的必要做法。倘若她真的涉嫌通过某种形式实施了绑架,我并不担心女孩父亲会承受不住打击——毕竟他和妻子关系紧张。我认为这一结论更站得住脚些，指控这位母亲应该是拨开案件迷雾外衣的重要环节。我希望我的想法是对的，更希望我们能找到安然无恙的女孩，没有遭受身体与精神上的苦痛折磨。

我打定主意回警局，半路上我的助理向我读了一份刚刚收到的刑案组的紧急报告，他告诉我在厨房的一个杯子中，找到了导致女孩父亲昏睡的药物样本。这份报告里还提到根据相机拍到的现场照片，厨房桌上的锅碗里都没有剩余食物，这毫无疑问证明了女孩母亲卷入了本案，并且由于曾撒谎说昨晚那时她正在做饭，她现在涉嫌欺诈。

我能够识破女孩母亲玩弄的小把戏，十分确信她参与了这起案件。我苦苦思索，问自己：女孩究竟在哪里？乌萨玛和本案的母亲是否是同谋，他们的动机又是什么呢？

萨利姆探长的一通电话打断了我的思路:"哈姆丹,调查组那边告诉我,报案人乌萨玛在他的家中消失了,电话也一直打不通。"

"你有问过他妻子他去哪了吗?"

"问过,她说她丈夫去了他自己经营的门诊部,我已命调查组的人员去那里找他了。"

"我收到了一份刑侦报告,这份报告证明女孩母亲是主要嫌疑人。"

"我刚刚也读过那份报告了,我希望我们能够尽快找到报案人乌萨玛,找回女孩。"

"我也希望如此。你给去门诊部的助理们说一声,让他们看住乌萨玛,我这就过去问问这家伙。"

我挂断电话,让司机风驰电掣地向门诊部驶去。

第六章

上午 10：00，失踪十四小时

嫌疑人乌萨玛·哈希姆

我十分幸运地从家里溜出来，没有任何迹象表明我会被关押或者监视，在那些调查人员凌晨询问过我问题以后，我选了一个合适的时间从家中出来。

我当时被巨大的恐惧笼罩着，我相信凭借我妻子的智慧应对那些警察根本不在话下。我十分相信她能帮我撇清关系。他们找不到拉米娅因而造访我们家，我让她行事自然一些，在调查人员询问的时候不要面露疑色，并且我承诺等到女孩回到家中我会向她解释所有的细节，只要她给我提供必要的帮助。我告诉她现在我要去一个私人诊所和我一个朋友会面，这很必要，因为我需要充足的时间来避避风头。

调查人员来了我的家里，他们对我的调查表明他们已经对我起了疑心，这是我一直担心的事，而且多少让我有些措手不及，我想用维修工人的事情来混淆他们的视线，后来又将嫌疑转移到了餐厅员工身上，但是这些调查人员比我预想的要聪明得多，我不知道拉米娅母亲对他们所说的以及可能还会说的，这样下去或许我会向他们吐露一切，因此我决定躲起来一段时间。

我把车停到了远离我家的地方,决定在车里休息一会儿,我需要缓一缓。疲惫和劳累以及各种思绪席卷了我的身体,直到今天早上十点我才醒来。关于逃跑的路线,我思前想后,把车停到了海边的科威提市场附近一家洗衣店旁边,这是哈伊马角酋长国最古老的市场之一,这里每天车水马龙、人流混杂。我快速跑进市场,买了一些南亚人的衣服准备用来误导警察。我回到车上,发动了汽车,我驾驶汽车穿过市场后一排排小房子中间窄窄的街巷,把车停到了一堆停在路边的车中。我换了衣服,戴上了墨镜来遮挡自己的脸,我知道这鬼地方到处都是监控摄像头,天知道这里藏着多少正搜寻我的警察呢。

我从车上下来,穿过最近的一条大街,招手拦下一辆出租车，坐在了一个亚洲司机旁边的副驾驶位置上。我让他把我送到沙迦酋长国，我有一个朋友在那里，我经常去拜访他，他应该能够帮助我躲避风头，一直到这件事情平息为止。

令我忧虑的是我并不知道失踪女孩的具体位置，更让我担心的是哈立德切断了和我的联系。而我们是这次计划的主要实施者，从早上开始他不再接我的电话，他把女孩从家中带走以后就再也没有主动联系过我，他到底怎么回事？我希望女孩能平安到家不要出什么差错才好，为此我愿意付出生命中的一切，我的事业、我的婚姻以及我和拉米娅母亲的情人关系。

我和拉米娅母亲的事情还是相当值得一提的，趁他丈夫不在家的时候，我们度过了相当浪漫的二人时光。她时常躺在我温暖的怀抱里向我抱怨她的丈夫，那些拥抱和数不清的见面次数让我为她倾倒，甚至不顾一切地想要延续这种美妙的关系。她完全信任了我，便鼓起勇气向我提出了她想要在晚上把女儿从家里藏到外面的想法，同时让我报案来证明孩子的失踪。她做所有这一切的目的是用法律对抗她的丈夫，指控他忽视家庭。一开始我出于害怕失败的缘由拒绝了她的想法，但是在她三番五次地劝说、令人心服口服的说辞以及她机智的规划之下，我勉强同意了。我向哈立德求助，他是我门诊的常客，他向我开出的条件是我给他开大量的非处方类药品，他不愿意为了钱参与这件事。我告诉了拉米娅的母亲，我做的这一切让她感到满意，然后，她开始向我描述她的计划，她提议让我的朋友哈立德在约定的时间内来她的家里，进入大厅和拉米娅玩耍，然后提出让拉米娅和他一起坐车出去，他要给她买玩具。

这个计划最后也是最重要的步骤就是向警方报案这个环节,然后哈立德再把女孩送回家中。在这期间,他需要在当地换一辆车,并且到一家杂货店打电话从一家餐厅订一份晚餐,而我的任务是叫来水管维修工人,并且将连接我家和拉米娅家的管道堵塞,拉米娅母亲也有她的任务,那就是在水中倒入强效催眠药物——这是我带给她的,以便让她丈夫上班前喝掉,从而使他尽可能长时间地待在外面。这个计划是她利用女儿来对抗她的丈夫的,现在看来,计划失败了,事情变得复杂了,拉米娅没有回家,哈立德现在失踪了,我除了逃跑别无选择。

直到我们接近哈伊马角酋长国一排排通向阿联酋街的房子,我才看到司机对我投来异样的眼光,这让我感到害怕,万一他报警揭发我怎么办?他注意到我的不安了吗？抑或他对我感到奇怪，一个阿拉伯人为何会穿着南亚人的衣服？我刻意回避着他的目光，他的目光却没离开我，我微笑着，试图装作一切都很正常的样子来打消他的疑虑。他脸色铁青，留着浓密的胡子，我担心他认为我对他来说是一个威胁，于是我和他谈话来拉近距离："我们还有多久能到？"

"一个半小时。"

"你是什么时候来到阿联酋的？"

"我记不清了，十几年前吧。"

他听懂了我的问题，用很轻的语气回答了我，他的答案十分简短，好像不太愿意和我交谈。我转过头不再看他，继而望向路旁一望无际的宁静的荒野。我掏出关机了的手机，假装要打电话，并自言自语道："我没有话费了，怎么告诉我的朋友我来找他了呢?"

我又和司机说了一遍:"嘿,朋友,我能借用你的手机吗,我的手机没有话费了。"

"请用。"

我的计划成功了,我已经提前把手机电池卸下来了,以防警察追踪到我。我接过司机的手机,快速按下了号码,然后按了通话键:"你好,也萨尔。"

"你好,乌萨玛。"

"听我说,我现在没时间和你详细解释在我身上发生了什么。"

"我正听着呢,你说。"

"我现在正在前往你那儿的路上,我想在你那里待几天。"

"在我这儿?有什么事情吗,你怎么了?"

"听着,你是我的朋友,你我私交甚笃。"

"乌萨玛,和我说说到底发生了什么?"

"我参与了一件事情,警察现在因为这件事情或许在找我,而我是无辜的。"

"什么事?"

"等我到了你那里我会详细和你说的,现在你告诉我,我在哪里可以见到你?"

"乌萨玛,你来我这儿或许会把我也牵连进去,所以我希望你还是不要来了。"

"也萨尔,求你了,你不会被卷进去的,我什么也没做,我是无辜的,我们一见面我会立刻告诉你所有的细节,如果那时你仍旧不相信我,你可以赶我走。"

"好吧,我在第五工业区的板球俱乐部后面,你在那里的一家巴基斯坦餐厅等我吧,我去找你。"

"哦,我的朋友,真不知道该怎么感谢你,我对你表示衷心感谢,我大约一个小时后到。"

我挂了电话,把手机还给司机,还给他了一些钱作为话费,他笑着感谢了我。这便是金钱收买人心的力量了,这个司机一开始对我爱答不理,但是一看到钱,就立刻露出了笑容,还有那个可恶的哈立德,也是个见利起意的主儿,他一开始也不愿意答应帮我实施拉米娅母亲的计划,最后还不是被钱收买了。

我催促司机稍微开快一些,但是他拒绝了,我以为他又想让我给他加钱,结果他却不为所动,反而要求我系好安全带。我内心喃喃自语道:我现在有比不系安全带更大的问题,而你却和其他人一样安之若素。这种车速的安全现在已经威胁到我了,这都是因为我的无知和愚蠢。

一个小时很快就过去了。我已经接近目的地了,我的心悬在嗓子眼，我希望搜索队能够找到小女孩，希望我们的计划能够成功以及我能回家，我多么希望能够收到拉米娅母亲的消息啊，无论是短信还是手写信，又或者是陌生号码打来的电话，形式对我来说并不重要，重要的是那时我就可以再次回到她的身边，她为我的生命增添了无与伦比的甜蜜爱意，其他任何我遇到的女人都无法和她媲美。我不知道她是用何种方式，用什么样的言语和诱惑力让我为她神魂颠倒的！尤其是她凝视我的目光和我们在房子外的偶遇。我永远无法忘记她用柔软的手书写给我的情书里的优美句子："乌萨玛，我深情地等待着你，我希望你的怀抱只为我一人敞开，你的温柔让我放下所有戒备，你拥我入怀，直到永远。"

　　车子进入了颠簸的路段，我从那美好的遐想中清醒过来，看起来好像已经到了。我让司机直接开到板球俱乐部后面，他照做了，然后我让他停到砂砾街一号，我急忙给他钱，心想着他能给我找零，但是他并没有那样做，而是朝我狡黠地一笑。我下了车，穿过街道旁的商店，找到了远离闹市区的巴基斯坦餐厅，我进了餐厅，饭菜的味道扑鼻而入。我一整天都没吃饭了，服务员朝我走过来，记下了我点的菜。餐厅里坐的都是南亚人，他们向我投来疑惑的眼光，我知道我的衣着和我的相貌并不太相符，我穿着宽松的裤子，衣服从上到下盖住我的身体。我试图躲避那些异样的目光，我屏住了呼吸，尝试着重拾一些信心。

　　饭被端上来了，我开始狼吞虎咽，饼还没熟，半只鸡就没了影儿。我感到些许恐惧和紧张，但这却增加了我的食欲。我吃完了饭，然后看了看表，也萨尔迟到了。我想和我面前任何一个人交谈，我想要把自己的感受一吐为快,我快被逼疯了。我决定从餐厅里出去,我站在外边观察着眼前寥寥无几的行人,希望能够看到也萨尔。我从刚刚买的南亚服装口袋里摸到一盒烟,抽出一支,点了火,说实在的,我讨厌抽烟,所以很久之前我把烟戒了。我把烟扔了出去,转身进了餐厅,坐在座位上继续等待。我把服务员叫了过来,要了一杯茶水,脑海里开始不停地想如果我被发现了会怎样,我能成功脱逃吗?也萨尔会帮助我吗?半个小时过去了,也萨尔来了,他左看右看,直到我招手他才认出我来。他朝我走过来,我看他面带忧愁,主动和他打了招呼。他坐在了我的旁边,我们开始交谈:"你怎么迟到了这么久?"

"你知道这里交通很拥挤。长话短说,告诉我到底怎么回事?"

"我现在不能说,我们离开这儿换个地方说。"

也萨尔点了点头,我走到柜台结账,我看到他十分担忧的样子,主动说道:"你怎么了?别害怕,一切都在掌控之中。"

"我怎么可能不紧张,我可是毫不知情。"

"我又没有犯罪,事情真的很简单,别担心。"

我结了账,然后我们一起朝餐厅的出口走去,但是我的双脚还没来得及踏出去,我就被逮捕了。他们穿着当地的衣服,粗暴地把我按在地上,我动弹不得,然后他们把我押向车。我丝毫没法反抗,他们一言不发地开车出发了,我知道一切都结束了。是也萨尔通知了当地警方,还是那个司机通过我和也萨尔的对话听出了端倪,然后通知了警方?如果是也萨尔做的,我并不责怪他,他是害怕帮助我会让他自己牵涉其中,他只是想避免惹上法律问题。

现在他安全了,而我则为我的行为付出了代价,现在比起想知道是谁举报了我,我更想知道我该怎么和调查人员交代,我要承认所有的一切吗?万一拉米娅回家了,我们的计划成功了呢?我现在真的进退两难。

第七章

中午1：00，失踪后十五小时

萨利姆探长

当我和瓦利德正打算前往拉米娅母亲的房间审讯时，哈姆丹探长打来了电话，告诉我嫌疑人乌萨玛跑掉了，他和他的妻子合谋骗过了调查人员，门诊部里并没有他的身影,他也压根儿没有去他的门诊部。哈姆丹告诉我他正在来找我们的路上。

我和瓦利德进入房间,坐在拉米娅母亲对面的椅子上,对她说道:"你的女儿在哪儿?"

她沉默少顷,忽然哭泣起来。她的哭泣持续许久,随后她才心怀恐惧地说:"我不知道。"

我紧接着说道:"你是不是造成你女儿失踪的罪魁祸首?"

她的头埋了下去,似乎并不想供认。我冲她大嚷大叫,用手狠狠地拍打着桌子,她不得不抬起头来看我,那个无辜女孩的命运使我忧心如焚,我心跳不断加速,又一次问她:"难道不是这样吗?"

拉米娅的母亲把头抬起来,坦白道:"是我干的,这样我就可以从那固执的死鬼手里拿到离婚协议了!"

"你怎么能如此铤而走险?"

"这算不上铤而走险,我曾和乌萨玛说好,让他照顾我的女儿几小时,之后再把她送回家,谁知道现在她不会回来了。"

"乌萨玛难道没有告诉你,他把你的女儿带去了哪里吗?"

"没有确定地点,我们没计划这一点,我们约好把她放在乌萨玛朋友的汽车里,然后再带她回来。"

"乌萨玛的这个朋友是谁?"

"我不知道。"

"你让其他人实施绑架,怎么可能不知道这个人?"

"乌萨玛没把他的身份告诉我。"

"和你没什么好谈的了。"

"求求您,我想要我的女儿,把她找回来吧,求求您了。"

她开始哀天号地、哭哭啼啼——因为自己的所作所为,她追悔莫及。我们把她一个人留在屋里,径自离去,我们简直气炸了。我让瓦利德去情感支持科收集些心理学的专业资料,并把案件细节告诉她。我们要用这些心理学资料为她提供必要的心理支持,她会在这间审讯室里再待上一会儿,随即会被带到拘留科,她会在那儿一直待到检察官决定对她起诉,毫无疑问她将坐在被告席上,听候对其因所犯罪孽的发落。

哈姆丹探长也到了,我和他一起来到刑侦部门,听取关于对嫌犯乌萨玛调查工作的最新进展,刑侦部门的头儿接待了我们,告诉我们调查工作眼下面临的困境——通过追踪工作,调查人员在科威特市场的商铺后面的角落里找到了乌萨玛的汽车;他们已完成相关调查,并询问了周边的居民,居民们都表示并不认识乌萨玛,目前不能确定乌萨玛藏身的地点。

我们眼下盼望抓住乌萨玛,顺藤摸瓜找到女孩。然而唯一的线索却在我们手中溜走,嫌疑人逃遁到我们未知的处所,虽然他藏匿不了太久,但我们着实担忧随着时间一分一秒地流走,不测会降临到女孩拉米娅头上!

瓦利德从拉米娅母亲所在的审讯室中出来,径直来到我们身边,对我们说到:"我又对那个母亲进行了一番审讯,她向我交代嫌犯乌萨玛曾经交给过她一张纸,上面写着一个银行账户号码,按照约定,她在事成之后要向这个账号打钱,她认为这个账户是乌萨玛朋友名下的。"

"那张纸在哪里?"

"她说那张纸放在房子的卧室里,她向我交代了那张纸的确切位置。"

我让瓦利德与在女孩家附近的警员联系,告诉他们那张纸的具体位置,尽快将这串数字记录下来,并发送给刑侦部门。我冀望账户主人的身份能够确定,从而我们能对他展开追踪。

我把最新进展告知哈姆丹探长,他对这些情况喜出望外,随后也告诉我另一个好消息,是关于乌萨玛的,这可真是出乎意料。

"乌萨玛被抓住了吗?"

"没错。我们收到了沙迦警务厅的通报,通报里说他们发现一个可疑的家伙,从哈伊马角潜逃出来,正妄图藏身到沙迦的一个工业区里,这人叫乌萨玛。"

"他们是怎么发现乌萨玛的?"

"警务厅方面说他们接到了乌萨玛一个朋友的报

案,称乌萨玛告诉他自己摊上事儿了,希望在他那里避避风头。"

哈姆丹正在忙于安排与沙迦警局协调工作,要求他们与自己一起参与调查,好撬开乌萨玛的嘴。此时,沙迦警局给我们打来了一通意义重大的电话,哈姆丹按下免提键,随后我对着电话说:"我是萨利姆,请讲。"

"乌萨玛招了。他对我们坦白说,他和一个叫哈立德的朋友曾约好把女孩带到他家,三个小时后再送回去。"

"哈立德把女孩带去了哪里?"

"我是希望能从乌萨玛嘴里问出答案,但他一个劲儿地说自己不清楚。"

"让这家伙给他朋友打电话,问问他朋友把女孩藏在哪儿了?"

"好，稍等片刻。"

我们等待着沙迦警局那边的答案，希望在我们每个人心中跃动——哈立德是我们找到女孩的关键。就在此时，调查组的人向我们回复道："这家伙给他朋友打了好几通电话，都无功而返，对方根本就不接！"

"可以把哈立德的电话号码和他的全名发给我们吗？"

"马上照办。"

我们结束了与沙迦警局调查人员的联络，大家的注意力都聚焦到找那个叫哈立德的家伙上面来，我们已经成功找到第一条宝贵线索，接下来将一鼓作气，找到女孩。女孩母亲会因参与此次绑架事件而面临严厉指控，而饱受打击的女孩父亲则会在我们情感支持科工作人员的陪伴下，去一个专业机构接受疏导。当找到女孩的那一刻，我们会马上为她提供心理援助的——期待的时刻如此令人激动，但实际上，我们却仍在这个案件的重重迷雾中逡巡摸索。女孩现在在哪里呢？本案中是否还有其他嫌犯？这些问题在每个人脑海中久久盘旋、牵萦于心。

我与哈姆丹、瓦利德一起在警察局埋头苦干，追踪最新进展，终于得到了那个名叫哈立德的家伙的电话号码，各组随即投入紧锣密鼓的工作，我走向哈姆丹，对他说："在这一阶段你有什么建议？"

"全力追查那个叫哈立德的家伙。"

"在这起案件中与他有任何关联的人都要被调查吧。"

"倒是不必，我们现在正在追查他的手机信号，我们会找到他的位置的。"

"关于他的身份我们了解多少？"

"他二十出头，是一家药品供应公司的代表，嗜酒,还是个瘾君子。"

"希望老天保佑这女孩。你觉得这女孩会吃苦头吗?"

"我觉得不会。根据母亲的供述,嫌犯的目的很明确——就是要钱,除非有什么不测发生!"

乌萨玛和拉米娅母亲的供词没什么出入,他们两个计划把女孩带出去一阵子,同时就女孩失踪的事情报案,他俩没料到警方会如此尽心竭力地寻找女孩。从二人的供词中我们了解到,哈立德或曾在女孩家中和那里的调查人员擦肩而过,因此,他现在不敢越雷池半步——接近或回到女孩家里了。听说这小青年劣迹斑斑,因此我们有必要设想所有的可能性。哈立德是否把女孩抛在某处,自己逃之夭夭呢?或者女孩还在他手上?我们现在可谓是处在千钧一发的关头了!

我们收到了银行账号户主的身份信息，户主不是哈立德，而是一个叫亚辛的人，这让我们大跌眼镜！我让调查组收集这人的全部信息，以及他与本案所有嫌犯的关系。嫌疑人名单上又添上了一个名字，我们现在尚不知晓他又在多大程度上卷入此案！

当我们的工作有条不紊地开展时，一个技术人员锁定了嫌犯哈立德的地址——在嫌犯手机所属通讯服务商的配合下，通过监测其手机发出的信号与哈伊马角所有街区各处的信号发射塔所收到的信号，对他手机信号的追踪工作也告完成。依照"几何三角形理论"①，嫌犯位置也得以确定。技术随安全需

---

① "几何三角形理论"：这是一种运用正弦定理，通过所测角度和三角形一边的边长，以及构成该三角形一顶点的另外两边长度，寻找该顶点的坐标与距离的方法。这一理论被广泛应用于面积测算、航海、天文、军事学中的导弹制导等领域。

求的提高而日益进步,而警方积极运用先进技术的做法,在本案侦破过程中有着举足轻重的作用——毫无疑问,技术进步有助于遏制犯罪。我们已经查明嫌疑人藏身于纳黑区的一所公寓里,距离女孩家有大概15分钟车程。

哈姆丹探长与调查组、安全干预组一道火速往嫌犯的处所赶去。历经辗转周折,这已是我们找回女孩的最后线索了。

我则起身走到女孩父亲所在的屋子,坐定,将迄今为止所知的案情一五一十地向他说明,还告诉他调查组已经在前往那所公寓的路上了——他的女儿就在那里。我向他保证,我们马上就能找到她了。听我说这些时,女孩父亲并不作声,也毫无反应,仿佛我压根儿不在这儿似的,只是径自神游在自己的思绪里。无疑,这位父亲正在一场令人难以接受的事件中备受煎熬。我问了问精神支援科的一个专业人员女孩父亲的情况，对方答道："此人平白遭受无妄之灾，对此实在猝不及防，也无力阻止这一切的发生。因此，他会经受情感上的沉重打击，这可能会诱致绝望、抑郁、时常哭泣之类的表现，会让他难以自持，或许还会进一步发展成其他的身体病症。关于这个父亲的情况嘛，我想他需要接受更深层医疗评估，但眼下要先在精神支持科接受完对他的初步评估。"

对于他的合作与回答，我表达了谢意，就在这时候哈姆丹探长打来了电话："我们在一间公寓找到了嫌犯，看上去他好像让人给揍了一顿，现在已经人事不省！"

"呃，这都是什么啊？女孩在哪？"

"我们还没找到她。"

"真是揪心啊。"

"在公寓的大楼里我没看到任何监控摄像头，因此我们询问了大楼的看门人。"

"好，我会让搜索队前去与你们会合，同时安排同刑侦部门的人一块召开紧急会议。"

"我会把情况和前来的犯罪现场组的同事们说明的。我们还得和这栋楼的主人联系，敲定这所公寓租客的身份，进而对他开展调查。"

究竟发生了什么？这是一场大大出乎我们预料的突发事件！我们一度距离找到女孩只一步之遥，然而另一罪行却又浮出水面，真是奇哉怪也！这意味着我们找回女孩的唯一线索又阒然消逝！究竟是谁对嫌犯哈立德下了黑手？他的动机是什么呢？嫌犯当时又在这里做些什么呢？女孩和他一起吗？然而，较之女孩现在在哪儿，这些问题的答案已无足轻重——女孩究竟被藏在哪里？这是我眼下最想谈论的最有意义的话题了。

我让刑侦部门负责人安排了一次紧急会议，我想通过此次会议和大伙儿聊聊、组成一个针对新情况的特勤组。几分钟的工夫，瓦利德、纳赛尔、几名助理以及刑侦部门的各位同事，大家都悉数到齐了，我便开门见山地说道："我希望你们全神贯注，我们的任务是调查与嫌犯哈立德有关的所有记录和人员关系。早些时候，哈立德在一所公寓遭到袭击，他是能够引领我们找到失踪女孩的唯一指引，希望你们全力以赴，找到切实的线索，最终找到女孩。首先，我希望穆罕默德探员去调查一下哈立德近期所有的通话记录，撰写一份关于所有曾与他通话之人以及通话内容的详实报告。其次，希望萨义德探员提供哈立德所供职的公司的相应记录，或许其中有哈立德的同事卷入了袭击案件,搜索记录的工作希望有相应的分析和联想,不要仅仅列几个名字了事。最后,希望阿里探员跟进犯罪现场组的进度,并与指纹与证据专家协调,以查出那时在公寓中的人员身份。我希望大家在调查与讨论案情方面通力合作。"

大家迅速投入工作,时间正从我们指尖溜走,案件愈趋复杂。我们眼下面临着两起罪行,其一是对女孩的绑架,此事已非常错综复杂了;其二是扑朔迷离的袭击案,侦破工作比一开始时更为棘手。我对每个人强调,必须拿出百分之百的状态去应对工作。

我回到自己的办公室,尽管已经三十小时没合过眼,我还是感到精力又重新一丝丝地爬回我的身上。我希望自己能一直保持这种充沛精力,好集中精神,完成找回女孩的任务。我站在办公室的窗前,拨通了哈姆丹的电话,对方却没有应答,我又试了几次,却都徒劳无功。他究竟在忙些什么?为什么不接我的电话?我只能祈愿他那边进展顺利。

我问工作人员哈姆丹探长的所在位置,他们告诉我哈姆丹探长在几名助理的陪同下已离开大楼,朝着红岛区方向赶去了。同时告诉我公寓租客的身份已经查明,经过调查,也确定了这个租客正在红岛区的一个汽车修理铺。我随即询问该租客是什么身份,工作人员告诉我,此人正是那个银行账户的开户人亚辛!什么?亚辛!这绝不是什么巧合,我断定此案也不仅仅是追捕一名罪犯那么简单,似乎有一个团伙,指派其成员单兵作战,在暗地里做些不可见人之勾当。根据我的分析,他们试图除掉哈立德,以阻止他把女孩送回原来的家里。团伙成员或许出于谋财目的抢走了女孩,或许直接参与了女孩的绑架案,还有可能他们还有不为我们所知的其他目的!

哈姆丹并没有将案件的这一新情况告知于我,这让我稍有不快,难道他忘记了我们在同一组中共事吗?我不会过分求全责备他,或许他还面临着其他压力与逼迫吧,我会等到一个说法的。

我委派纳赛尔助理与刑事实验室联系,嘱咐他将从那间公寓的刑案现场提取到的指纹分析结果及时通知我,我们应当确定当时在场之人的身份。我命瓦利德准备好,我们一旦得到这些人的身份信息,就立刻把这些信息通报给大家。

哈姆丹探长给我打来了电话,我接起:"我们现在已经抵达一家汽车修理铺附近,我看到那个叫亚辛的人正在店外和一个工人聊天,还给了他一笔钱。我想亚辛就在这儿工作,或者是这家修理铺的老板。"

"你刚才怎么不接我的电话？我想咱们还算是在同一组里共事的吧。"

"啊朋友，我要向你道歉，刚刚我这边有一点事务让我实在抽不开身。"

"告诉我你下一步准备做什么？"

"我想让你查查那个叫亚辛的人在袭击发生时究竟在不在那所公寓里。"

"我们现在还不清楚公寓里嫌犯的身份，要等实验室那边的结果出来才行。"

哈姆丹探长急切地想要把亚辛抓起来，我知道他能够凭一己之力主导整个案件的走向，但我却希望他不要一意孤行，我们在工作上彼此竭诚合作，共同商讨、彼此倾听，最终拿出合适的方案。我希望他不要操之过急，并告诉他我希望对亚辛持续监视,我们需要找到弄清女孩所在地的关键线索,然而哈姆丹探长却拒绝与我再谈下去了。这样的态度令我恼火,而他却认为尽快把亚辛绳之以法,能让我们少走弯路,最终将确凿无疑地弄清女孩所在的位置。

这时候有人敲响了办公室的门,原来是穆罕默德探员,我把他请进来。穆罕默德探员在刑侦部门工作,看上去他已经完成了自己的任务,我便请他来谈一谈。他告诉我通过调查所有的相关信息与数据,他已经查明了一个名叫"阿迪勒"的人的身份,通过排查此人与嫌犯哈立德的所有通话记录,他发现二人曾共事,且关系紧张。他还告诉我他怀疑阿迪勒与袭击案脱不了干系。我谢过了穆罕默德提供的重要信息,现在我们手中有另一条新线索了。倘若那个叫阿迪勒的人当时就在公寓里,穆罕默德探员的怀疑就得以证实了。

　　我叫来了瓦利德，让他与纳赛尔助理一起准备接受一个新任务，去那个叫阿迪勒的家伙可能栖身的处所瞧瞧。在经历了一番搜索、调查和对阿迪勒通话的监听工作后，瓦利德告诉我他去见阿迪勒的一个朋友，这个朋友曾经在中央邮政对面的一家手机店工作。

第八章

又一日凌晨 5：00，女孩失踪后三十三小时

哈姆丹探长

我们就要抓住嫌疑人亚辛了。他正从汽车修理铺中出来，我们一直在追寻他留下的蛛丝马迹，萨利姆探长要我对抓人之事别太急于求成，但我拒绝

了他的提议——我已别无选择，时间所剩无几，再不能白白地等下去了。亚辛肯定能带我们找到藏匿女孩的处所，或者至少能告诉我们事发时在公寓里的人的身份。萨利姆打来的几通电话，我故意没有接起。我俩有时候意见相左、观点对立，这或许让我们的行动横生枝节。但愿我对眼下局势的研判无误，让好运能垂眷我找到女孩吧。

萨利姆又打来电话，我只好不情愿地接起，随即听到了他的声音："我们又查出案件的一个嫌疑人，这人名叫阿迪勒，与嫌犯哈立德关系密切。我已派瓦利德和纳赛尔助理前去对他进行调查询问了。"

"我这边还在等待抓捕亚辛的良机。"

"不要操之过急啊。"

"我不太明白，你为什么总是想让我慢吞吞地行事呢?"

"我不是想让你慢吞吞地行事,只是想让你先看住亚辛,等我们从嫌疑人阿迪勒那儿得到了新的信息再做计议。"

"但亚辛能带我们找到……"

萨利姆打断了我的话,有些突兀地说起另一话题:"我希望你站在我的身边,想想咱们的主要目标,想想咱们大家都希望能找回女孩,我们或许能找出一条捷径。我可不是要指示你墨守成规地行事啊,你我对此都有经验。"

与萨利姆的交谈已告结束,但他在谈话中显露出的冷静自持实令我心潮难平,他具有一种我所不具备的重要特质——他不会妄自尊大、独断专行。我想我是有点操之过急了,遂决定稍稍把节奏放缓些。我给刑侦部门打去电话,让他们查查亚辛是否还拥有或承租了其他房产。那边很快就给出反馈，调查结果显示亚辛在红岛区还租有一套房子，他出现在红岛区不仅仅只是工作的缘故。我问自己，为何亚辛要在不同的地点租下好几套房产呢？我打定主意去亚辛承租的房屋地址看看，或许在那儿我们能找到女孩呢。我让一个助手继续盯住亚辛的活动，以防他金蝉脱壳逃之夭夭，同时要求助手一旦有任何新情况，或有任何人与亚辛碰面，就立刻向我汇报。

我们向本区亚辛租用的房子赶去，路上我看到一些民房和老屋星罗棋布地排列开去，我们耳濡目染的那些精灵古怪传说，似乎就应该发生在这样的房子里。这一区的居民们口口相传，常于夜晚听到异响，响声尤以那些废弃古宅为盛——而那些古宅的主人多半早在二十年前就迁走了。事实上，这些响动的制造者是那些游手好闲的流浪汉和瘾君子们，他们把这些宅子作为自己的荫蔽之所，而一些本地居民则以为这些房子里住进了鬼怪，便再也不敢近前了。

在我们到达那所房子前，我决定给萨利姆打个电话，把事态进展告诉他。

"我怀疑那个叫亚辛的家伙把女孩藏匿在红岛区他租来的房子里，我正在去那所房子的路上。"

"且慢，我想让你釜底抽薪，即刻抓捕亚辛。我刚刚收到瓦利德传来的消息，阿迪勒招供说当时在公寓里还有一个人，这个人按照亚辛的指示带走了女孩，但阿迪勒不知道他把女孩带去了哪里。这一证据证明亚辛对发生的一切心知肚明。"

"那么，现在有三个嫌犯了。"

"是的，阿迪勒，亚辛，以及那个带走女孩的人。我们现在要进行一番调查和搜寻,找出他的位置。我想我们可以把阿迪勒作为诱饵,引他上钩。"

"好,我这就把抓捕亚辛的命令发布下去。"

"我们得保持联系。"

萨利姆不愿我再去调查亚辛的房子,而是让我直接动手把亚辛抓捕归案。可是,如果女孩就在这所房子里呢?如果那个叫阿迪勒的家伙是将调查组引入歧途呢?我们已经抵达了这所房子,房子的造型很有年代感,只有一层高,看上去已经岌岌可危,屋外停着几辆车,我让助理们多加小心,去会一会住在这房里的各个住客。我们穿过房门,随即因眼前的景象而吃了一惊——数目众多的孩童和几个成年男女在里面,显然他们都是亚裔,来自不同国家。我开始搜寻,但并无女孩踪迹,我们又一次无功而返。我与小队联系,要他们立刻把亚辛抓起来。

我们向这里的住户们表示了歉意,同时询问这里的成年人是否认识亚辛,并把拉米娅的照片拿给他们看。所有人都否认自己认识或在这儿见过这个女孩。我悻悻地走出房子,心中惴惴不安,企盼着好消息出现。

我给萨利姆探长打了电话。

"我们搜查了这所房子,并没有发现女孩。"

"亚辛抓到了吗?"

"我已经下达抓捕命令了,一有关于他的新情况我就马上通知你。"

萨利姆声音的语调都变了,几许恼怒被掺杂进来。对此我倒没什么怨言,毕竟我应该完全按照他的指示去做的。我太急于求成了,每当我们感觉就要找到拉米娅的时候,她却忽而又远去了。

一个助理打来电话,告诉我亚辛拒不合作,表现得似乎对事件一无所知。我命助理迅速将他送至本区最近的警局,并决定亲自操刀对他的审问——对于让他老老实实地招供,我还是有一套的。

亚辛到了,一脸的无辜相,看起来和任何的犯罪意图都沾不上边。然而,俊俏的面容尚不足以遮盖内心隐藏的邪恶力量。我把审讯安排在警局一间专门的小审讯室。亚辛坐在了四方长桌对面的椅子上,我先是把一张纸扔到他的面前,纸上写着他所面临的指控和审判后可能的判决结果,又把我们手中掌握的有关事实悉数向他道出。我扶住他,向他承诺,如他能供认自己与此事的关联,我会提交一份动议,请求对他从轻发落。亚辛低下头去,随即交代了女孩的所在位置——他告诉我们现在和女孩在一起的那人叫作"欧麦尔",此人或许把女孩藏匿在了他的住处。我让我的人把亚辛拘留,旋即离开屋子,把这一新情况向萨利姆探长报告。

阿迪勒和亚辛两个嫌犯的供词对上了,我们走在正确的道路上,距离找到女孩只有一步之遥了,一切迹象都显示女孩安然无事,本案的罪犯们并不打算伤害她,他们因为对哈立德的袭击,现在都在焦头烂额地琢磨如何洗脱警方的怀疑呢!根据亚辛对我们的供述,哈立德是犯罪团伙中一个恶贯满盈的成员,当那个简单的任务失败时,犯罪团伙的成员和他在公寓里碰了个头,在那里他们发生了龃龉,各人随即歇斯底里,闹作一团。团伙中有人了药,他们借着药劲儿袭击了哈立德,哈立德被揍得昏了过去。袭击发生时女孩也在场,团伙成员随后决定带上女孩,溜之大吉。

萨利姆探长又打来了电话:"对欧麦尔的调查工作已告完成,他所住的公寓位置也确定了。"

"你有什么指示?"

"我、瓦利德和纳赛尔正在去那所公寓的路上,希望你也一块过来。"

我和几个助理一同前往纳黑区(即我们抓到嫌犯哈立德的那个区)的一所旧房子,我们刚到,所有工作人员四散忙碌的景象便映入了眼帘。我注意到民防队员已经进入这所房子的底层,对面即是嫌犯所在的那所公寓,随时准备着应付任何突发情况;萨利姆探长和安全支持组正在进入房子,其他人则在外面待命。我们都在等待着拨开云雾见日出的时刻,打心底祈愿能看到女孩被萨利姆探长怀抱着,脸上漾满幸福笑意的景象。

这里已经到处都是警察和调查人员,房子底层住着不少居民,有大人也有小孩,一些孩子依偎在自己母亲身边。大家对现场的情况不明就里,大感诧异，所有人都在询问着发生了什么，没人知道女孩的故事，有人断言说是一起自杀闹剧，另外一些人则认为是哪里又发生了火灾，还有些住在高层的居民在自家阳台俯瞰，揣测高处一个小男孩就要跌落地面了！

十分钟后，萨利姆探长双手抱着女孩从房中出来，径直朝救护车奔去，他的身后还跟着一个年龄莫约四十岁的女子，她手戴镣铐，被带上了调查组的警车。随后我被告知这人是负责在公寓里看守女孩的。我也上了救护车，看到萨利姆探长瘫坐在救护车上，默不作声。疲惫与倦劳爬过他的面颊，而一旁的女孩惶惶不安，又茫然困惑。毕竟，她对于自己所见的任何人都失去了信任，女孩哭得通红的双眸让我的心揪作一团，她的脸上又挂着令人费解的麻木与缄默。整整一天，女孩一言不发，与周围人的关系也生分得很,把他们的温暖怀抱拒之千里。我们不知道究竟如何才能给予这个女孩生理和心理上的帮助。

我在萨利姆探长身旁坐下,祝贺他顺利完成此次任务,在旁边注视着我们的一位女心理医师插入了谈话,她向我们寒暄几句,并向我们承诺自己会竭尽所能,抚慰拉米娅的心灵,让笑容重新回到她的脸上。我们对她表示感谢,萨利姆告诉她,她接下来要做的事将会是这一阶段最为困难、但也是最为重要的工作。她冲我们莞尔一笑,旋即离去了。

萨利姆和女心理医生说这些话时,我可着实有点吃惊,觉得他实在是有些低估警方在这起事件里扮演的角色了。但其实我不明白萨利姆说这些话是否隐藏着什么含义,毕竟早在他成为一个成功的警察之前,就已经对人情世故谙熟于心了。他在考虑拉米娅在这场风波过后的生活，父亲会给她可以依靠的臂膀，而她的母亲或许要经历漫长的服刑期，那么，她应如何让自己的生活重回正轨呢？这才是接下来最重要的事情。

我握了握萨利姆探长的手，随后告辞离去。我的使命尚未完成，还有一个人需要审讯——就是那个叫欧麦尔的家伙。以亚辛为首的犯罪团伙还有其他党羽，我们必须了解他们的斑斑劣迹和先前所犯的累累罪行。

第九章

晚上7：00

拉米娅之父

警局的人告诉我,他们就要把拉米娅带回来了。每次警方有拉米娅可能被藏匿的地点的新消息都会告诉我,但最后却全以失望告终。不过,从精神支持科的所有职员到全体警员,每个人都为寻找拉米娅付出了巨大的心力,这让我获得了些许支撑下去的动力。

每一分,每一秒,我都在为自己对妻子的所作所为感到悔恨。我侵犯了她的权利,我真是一个顽冥不化的家伙,断然拒绝了她的迫切要求。她想离婚,而且没有任何的物质条件,唯一的要求便是带着拉米娅,离开这个国家,远走高飞。这使我一再拒绝她离婚的提议。

我们的婚姻生活一度情深意浓,幸福美满。我与妻子在埃及一所国立大学里相识,相伴消磨过彼此美好的青春时光。2006年,我正式向她求婚。结婚几年后,我在哈伊马角一家公司谋了份不错的差事,遂决定搬到这里生活。然而就是这个决定成为我们之间出现种种问题的导火索,她不愿离开生长于斯的家乡，乔迁到举目无亲的遥远地方，而我又对那份差事相当满意，觉得它能让我们过上更好的物质与精神生活。她想让我一个人远去他乡而自己留下，这一想法遭到了我的拒绝，可爱的拉米娅让我们的生活如沐春风，我想和自己的妻女在一起，一家人和和美美地过日子。

  我也没有其他选择，只有接受这个职位，并准备着举家搬迁。我深知思乡情切、故土难离，但我仍坚信即使这个国度远离家乡，有家人相伴身旁，日子就终归能变得其乐陶陶——因为我们足底的大地富庶慷慨，我们生活的国度海纳百川，国家把她的每个公民视若珍宝，故而天涯若比邻。妻子无可奈何地接受这一安排。她深知我把我们唯一的女儿看作掌上明珠，在这个我们生活的重要关头上，她应当支持我。

我们挥别故居,踏上旅途。在公司一个同事的帮助下,我们觅得了一个不错的住处。工作最初一段日子的重要性非同小可,我兢兢业业,又注重工作效率,得到公司上下的一致肯定和好评。此外,如我所愿,上班地点离家也不算远。我觉得自己信心高涨、志得意满,每天陪伴妻子和女儿的时间也算充裕。然而妻子却总是一个人孤零零地沉默不语,尽管我花钱从不大手大脚、工作报酬也相当可观,为一个舒适温馨的家庭努力打拼着,她依然显得对现状疑虑重重、怏怏不乐。

第一个月就这样过去了,我仍在努力适应这些变化。不过,我们的生活慢慢有了些例行公事的意味,下班回到家,我会把大把时光消磨在电视节目或陪拉米娅玩耍上,有时也会找点东西吃。我很少外出购物,也不怎么参加户外活动。我们很少拜访邻居,不会主动同他们有任何接触——我并不想有任何陌生人闯入我们的生活。

　　也就是从那时起,我与妻子的关系变得有些紧张。她总是莫名其妙地抱怨些什么,这让我颇为不满。引发她怨言的种种理由都经不起推敲,关于她对我那些喋喋不休的唠叨,任何一个对美好生活有所追求的人都会不以为然的。尽管如此,她仍旧想要回到埃及生活,还想让我在那儿找份新工作——她明知那里的工作条件更为艰苦。我真是想不通她为什么不能坦然接受为人妻子的责任,而是总想着回到我们当年那种恶劣环境中去呢?她可已经不再是个能够安然生活在父母荫蔽之下的小孩子了!她现在的身份是一个已婚女人,广阔的未来与繁重的责任就摆在她的面前。

　　六个月的时光匆匆而过,妻子的举止开始变得有点可疑起来。她经常离家外出，却不肯透露自己究竟是去了哪儿。我猜想她大概是与邻居成了不错的闺蜜，也可能培养了某种业余爱好，或许自己找了份工作也未可知。我对于她到底去了什么地方一无所知。老实讲，我不想像个侦探一样时时窥伺她生活，所以任由她做自己喜欢的事情而不加过问。我盼望着她做的这些事能让她适应新生活、过得更开心些。我也曾一度希望，可喜的转变会发生在她的身上，让我们之间的紧张关系得以消解——为了我们自己的日子，也为了我们唯一的女儿的未来。

　　接受新工作一年后，公司的经理忽然在某日来访，这让我有些吃惊。他细细地和我说起，有个空缺职位，它有着更丰厚的薪水和更优越的待遇，经理让我自己选择是否要接受这一职位。真是出乎意料的惊喜啊，一个千载难逢的好机会就这样被我碰上了。我给妻子打去电话，以为她一定会为此欢欣雀跃的。可是，妻子却一直没有接我打去的电话，这种事情在她身上发生也不足为奇，她随后总会知道的。我期待着这样一个好消息或能成为我们生活的一个转折点。妻子回家后，我把新职位的事情告诉了她，她不置可否，看起来她还在死死抱着埃及的旧时光不放手吧。彼时我的心思全然放在这个报酬丰厚的职位上，并未留意到她言行中流露出的冷淡意味。于是，我们的关系每况愈下。那时，拉米娅已经四岁了，我们本应把心思更多倾注到她身上，而不是两人针尖对麦芒地整天大嚷大叫，可大多数时间里，我俩确实都在无休止地争吵。我无论如何也想象不到造成我与妻子的关系恶化的罪魁祸首竟然就是我的这个新职位——我竟日工作，尤其夜晚时加班尤为频繁，虽然惦念家里，却很难找到足够的时间回一趟家。我希望妻子能够认可我、给我支持，然而近来我却发现她反倒染上烟瘾，甚至开始服用镇静类药物。我对此忧心忡忡，然而她却开始要求带着拉米娅回到埃及的故居，留我一人形单影只地在此处生活。我一再拒绝她的请求，她又开始和我闹离婚，说我自私自利，诸如此类的贬损之辞一股脑儿朝我身上倒。突然有一天，拉米娅在家中消失了，这时候妻子又要我离婚。

一阵敲门声打断了我的回忆，我打开门，精神支持科的工作人员走了进来，让我喜出望外的是，拉米娅也跟在他们的后面！我简直不敢相信自己的眼睛，几乎晕厥过去。我的女儿这时也看到了我，她向我飞奔过来，一下子扑到我的身上。我紧紧地拥抱她，心中五味杂陈、回肠九转，泪水在我脸上久久地、久久地流淌。过去的那些阴暗时刻，我曾感觉自己生命中的一切都已然失却,"崩溃"与"绝望"的滋味,我算深深品味过了。而在此时此刻,我很想就这样把她拥抱在怀里,永远永远。

我的女儿回到了我的身边,但我失去了我的妻子,在最艰难的环境里,她不想与我并肩而立。如果拉米娅问起她怎么办?我该怎么回答女儿?我该如何向女儿解释她的所作所为?我进退维谷,未来迷雾重重。

每个人都非常开心,他们怡然地欢呼着,那位心理医师走到我跟前,对我与女儿的重逢表示祝贺,随后请我聊聊过去都发生了些什么,再展望一番未来。我抹抹眼泪,抱紧了拉米娅。我们都已经走出了困境,所有人都会为慰藉我和女儿的心灵而付诸努力,也会为我们的生活设计一个更加美好绚烂的未来。

第十章

尾声，晚上11：00

拉米娅的母亲

夜色深深，令人伤怀。我孑然一人坐在拘留室中间的木椅上，望向拘留室里凄冷悲怆的小小角落——它像极了我生命中最阴暗的那段日子里，在家中四散弥漫着的那种孤寂之感。我扒住拘留室的铁门，观察看守们的一举一动。我使劲从门里朝外面看，细细咂摸这种举动带来的小小欢愉，却不知这欢愉会在何时离我而去。我看到微弱的光亮从上方飘落，为我送来星星点点的希望微光。我盼望这点光亮能落到我的头上，心被如此强烈的渴望紧紧攫住——我只是无数堕入黑暗者中的一个罢了。

　　我已没有什么别的渴望，唯愿能够再见女儿拉米娅一面。我打心底想见她，想要她抚平我漫长岁月里心头的累累伤痕。每当我念及往昔生活的幸福与平静，这些伤痕就一再作痛。我小时候曾饱受冷落与指责，没有能觅得一个温暖的处所，煦化我心中的那凛凛寒意。不到六岁时，我失去了母亲，身后徒然留下大片大片的空白——爱与希望一概无有。我怕得很，身边的一切都让我胆战心惊。父亲陪我的时间少得可怜，又总是暴跳如雷，对我恶言相向。除了酗酒买醉、浑噩度日，他对其他一切事情概不上心。而他那可怜的妻子对我的关心仅限于供我上学。对于她其他的孩子们，她总是忙不迭地处理他们和父亲间出现的一连串问题。真正关心我的人只有我的大哥，他不时来看望我、总不忘对我嘘寒问暖。但他向来与父亲不合，又有自己的家庭和工作，住在与我们相去甚远的另一个省份。于是，我孤孤单单地生活，默默咽下生活的苦涩。

　　我总是形单影只，不喜欢和别人交往。学校里，所有人都知道我敏感的心灵和踟蹰的个性，把我当作大家伙儿的出气筒，对我冷嘲热讽、刻薄取笑并以此为乐。这时候，一个叫萨莉小公主的著名卡通形象登上了荧幕，我每天都要从电视里看她的故事，她饱受欺凌，但非常坚强。我有时候会对着萨利喃喃说道:"不要难过啊,这里还有一个比你更悲惨的小萨莉呢!"

　　我高中毕业那年,父亲得了一场病,随即被送到医院,接着便在那里卧床不起,哥哥趁机把我带到他家里和他一起生活。这是我生命中的一个重要转折点,我终于得以离开我那冷酷无情的父亲,而未来还会有另一个深入我心灵的人,她的出现会极大补偿我在过去失去的东西。哥哥在父亲不知情的情况下打点好了一切。对生长于斯的地方,我怀有极深的感情——那儿有我玩耍嬉闹的场所,有我在躲避父亲时拥我入怀的角落,有母亲身上的芬芳气息,有她那温煦的怀抱与甜蜜的睡前故事。然而尽管有这一切,离开那所小小的房子时,我依然还是满心喜悦。

　　在哥哥家的屋檐下,我的新生活开启了。我嫂子成了我生命中第一个真正意义上的朋友,她像我的姐姐、母亲,又不止如此。她对照顾我丝毫没有倦怠之情,还在学业上给我帮助。我们常常促膝长谈、一同下厨、一起教育她的小孩子。而哥哥不遗余力地让我上了大学,好接受更高层次的教育。我的生活发生了翻天覆地的转变,自己变成了一个开放、努力的女孩,也竭尽所能地想让哥哥感到开心幸福。就在这时,父亲痊愈了,他又回到家里,与哥哥的战火于是也重燃起来。有一天,我正在大学图书馆里参加一个活动,嫂子忽然给我打来了电话,告诉我父亲现在正在家里,和他一起的还有几个警察。他们威胁哥哥,要他把我送回父亲那儿。嫂子要我先别回家,在这场风波平息之前暂时待在学校里。我对父亲的算盘一清二楚,当母亲逝世而把他一人孤零零留在世间的时候,他就没少同生活的艰难困苦较量。他希望让我回到他的身边，好摧毁我的所有梦想，使我重新回到冷酷与恐怖横行、毫无关心惦念的环境中。但他没能得逞，当我和哥哥坐在一起，我祈求哥哥不要顺从父亲的旨意。作为回答，哥哥把我搂在怀里，向我承诺他会保护我，会与我并肩而立。这一刻，他宛若一个真正的父亲。

父亲没有善罢甘休，而是诉诸法律，强行把我掳回他家里。那段日子，我真是夜夜不能安眠。这回他得逞了，哥哥无奈只好递交了一份法律请愿书，申请对我的保护，然而却是无果而终。于是，我又一次成了父亲的囚犯，给他做饭、打扫屋子，不辞辛劳地服侍他，还得默默忍受他狂风骤雨一般的辱骂。他遇到不顺的事，总会无端地殴打我，我默默向隅而泣，因身陷这狭小监牢痛苦不堪。我变得形容枯槁、容貌憔悴。我曾偷偷在心理门诊前久久徘徊，逐渐地，我感到自己愈发需要心理治疗了。

几个月后，父亲去世。我又重新回到哥哥那里，与他们一同生活。我们都对父亲执拗顽固、自私冷酷的性格感到无比伤怀，也对他那黯淡无光的人生抱以深深扼腕。我不需要再为他伤神了，只需把注意力转移到自己的未来上面。我哥哥一以贯之地对我报以支持态度，帮我实现自己的梦想。他向我的大学递交了申请，于是学校方面批准恢复了我的学籍。哥哥还把他认识的同事介绍给我，想为我撮合一门婚事，然而我却对迈出这一步心怀巨大恐惧。毕竟，这些年我已遍体鳞伤，一直在不为人知的情况下接受心理治疗啊。

在大学的最后一个学年，尽管我总是避免和所有男同学有所接触、不愿同他们卷入任何绯闻或花边新闻，然而，我还是偶然结识了欧麦德。欧麦德总是很黏人，抓住一切机会要和我说话。他对我的追求让我惶惶不安。有一天，他交给我一封长长的信，在信里他表达了他对我的倾慕和对我性格的喜爱。原来很久之前他就已经在关注我了，这真让我大吃一惊。他竟还知道我的住址?！那封信真是让我无力抗拒，欧麦德能让过去所有那些紧紧攫住我的恐惧烟消云散，我和他坠入了爱河，开始互传尺素，一起在学校的咖啡厅里消磨时光，也常常一同到图书馆去。然而，我还是无法把内心深藏的秘密说给他听，也没能告诉他我父亲的故事。他对于我小时候经历的种种不堪一无所知。我小心翼翼，生怕他发现我罹患心理疾病的事实。他现在对这些还不知道呢！

大学毕业，我仍同欧麦德保持着联系，但这种联系时断时续。我非常享受在哥哥家中同嫂子和他俩的孩子们相伴的美好时光,真希望自己的余生花在与他们相处上,别处哪儿都不去。然而忽然有一天,欧麦德向我哥哥正式提出了对我的求婚,哥哥却对此显得并不热心——他知道我推拒这样的提议早已不止一回了。然而就是这次,他没听到我断然否决的一个答案。他又知道了我们在大学里是同学,于是便开始极力撮合、一再劝说。说不清是我心底的意愿还是为了让哥哥开心,我同意了。

  我对欧麦德隐藏了许多,他不知晓我性格的另一面,我冀望着能同他平平静静地共度一生。在我们婚姻生活的最初一段时光,我们确乎生活平静。那时,欧麦德正在基层岗位做事,挣的工资都不能够填补生活的各项开销,仅公寓的租金就占了他薪水的大半。可和他在一起的最开始几个月的时光里,我心满意足,也不再去接受心理治疗了。可是,我的行为举止却一点点地在发生变化——我开始不想和任何人交谈，饭也不吃，常发些无名火。我用尽一切借口到哥哥家去，和他们一家人共遣时光。然而在与我的相处中，欧麦德却显得更为冷静自持了。我想不明白个中缘由，或许是他对我的盲目的爱，使他对我的乖张举止听而任之了吧。

光阴流转，拉米娅来到了人世。所有人都来到我身边，对于她的诞生，大家都兴高采烈地向我道贺，然而对我而言，宛如大梦一场，我对女儿的降生毫无心理准备，而仍旧渴望如同一个幸福快乐的小女孩，在哥哥家里消遣时日，那所房子能给女孩风雨飘摇的心灵带去莫大的慰藉。

我期盼能够无忧无虑、无拘无束地生活，不要肩负起什么责任。可我知道自己现在的身份是一个妻子，还是一个女孩的母亲！

我在哥哥家里度过了大把时光,哥哥总是很担心我,觉得我们夫妻间出现了巨大的分歧,我则矢口否认,这让他十分惊讶。

欧麦德谋到了份在他乡的差事,这对我又是一重打击!他让我做好乔迁的准备,好迎接新生活。我没同意他的请求,一种恐惧感让我喘不过气来,而我却不知道这种恐惧感究竟是从何而来。这让我对哥哥家更依恋了,尤其依恋嫂嫂拉嘉,我对她最为交心,把自己所有的秘密都告诉了她。我经常请她帮我出谋划策,她也给予我许许多多的鼓励,让我不要离开,就留在这里陪着她。她曾告诉我,所有的男人都要想办法养家糊口,大家都要如此讨生活,我丈夫也绝非首个。但我没必要一定要陪他远走他乡,她要与我并肩携手,给予我力量与支持。可是,我丈夫却执意要我陪他一起去,他做通了我哥哥的工作，强迫我踏上旅途，还对所发生的一切沾沾自喜。

  我万般无奈、心灰意冷，我们就这样离开了埃及。离乡最初的一段日子，我虽惴惴不安，但也有几分期待，尝试着去努力适应新生活。一天早上，苏阿黛敲响了我们家的门。我打开门，她便热情地向我问好，告诉我她是我的邻居，在此处居住已经有一阵子了。我向她表示了欢迎，也开始时不时去她家做客。

  第一个月就这样平平淡淡甚至有些乏味地过去了，欧麦德每天下班后总会去和女儿玩上一阵，随即就又一头扎进自己的工作任务之中去了，这一忙就直到深夜。他不再给我写情意绵绵的书信，那些彼此依偎着共度良辰、目成心许地谈天说地的旧时光也被我们忘却了。他变成了一个工作狂，一心只想着两件事：赚钱和陪拉米娅玩耍。我们的交流也仅限于他问起我对女儿的关照，或是否做了饭、打扫了屋子，诸如此类肤浅无趣的话题。

  再一次，我又变得孤孤单单、形影相吊。我的精神再也不堪重荷，好几次，因为女儿顽皮和不听话，我歇斯底里地朝她发作过几次，而她父亲对此毫不知情。我感觉就像有一个恶魔诱发了我的怒火，而当这恶魔睡去，我就变得如同可人的天使一般了——我坐在女儿身边，一边轻抚她的面颊，一边因后悔自己刚刚苛刻无情地对待她而泣不成声。我试着回到心理门诊，找大夫要些镇静类药物，但我在这儿没能找到专业的门诊，我也不敢去公立医院求医，因为我害怕这会让欧麦德知道我的秘密。

  我的举止更为异常，和欧麦德旷日持久的争吵也拉开了帷幕，我希望回到原来的家中，可欧麦德却断然拒绝。我希望能回到哥哥家里去，是为了得到能将我治愈的一味良药，我实在不敢把我的病情告诉丈夫，坚信他会对此嗤之以鼻。一了百了的念头在我脑海中盘桓不散，但嫂嫂拉嘉的那些建议我还记得，这让我能够些许控制住自己，稍稍避免滑向深渊。记得有一天，拉嘉曾建议我要求和丈夫离婚，这是我能够摆脱束缚，返回埃及的唯一方法。但欧麦德对此提议却并不买账。他似乎并不信任我，从护照、身份证到健康证明，以及其他的各类证明身份的官方文件，通通都被他藏了起来，我压根就不知道这些文件在哪儿！多数时候他总是一副泰然自若的样子，就好像在冲我说："想做什么就尽管做吧，你总归是在我的股掌之中、任我摆弄的，我不会被你那些小把戏牵着鼻子走！"

我从苏阿黛那里听说，她的丈夫乌萨玛是一个药剂师。我悄悄查了去他工作处的路线，希望能找到和我的病对症的药，除此之外，我还希望能进入他的脑海、他的心里。

欧麦德又喜获升迁，报酬也更加优渥，而相应地他也要花更多的时间在工作上，昼夜不休。我则利用他常常不在家的空档去接近乌萨玛。我有意抹粉施脂，向乌萨玛眉目传情、暗送秋波。当他离家时，我久久凝视着他。我在屋顶逗留许久，假装晾晒湿漉漉的衣服，实际上是为等着同他见上一面。

乌萨玛果然上钩，于是我们开始互通书信，我这才知道原来欧麦尔是写情书的行家里手，而乌萨玛在这方面总是操之过急，总想着要给我打电话，但我却十分享受书写与阅读纸质信件的感觉。我向他承诺，只要他能够给我抗抑郁症的特效药，我就和他通电话、见面。他毫不犹豫地答应了，给我带来了我想要的东西,于是我们的关系更进一步。在我实现自己的目的之前,乌萨玛就已知道要如何虏获我的心了。

  我的回忆被拘留室外几个看守发出的一阵刺耳噪音打断了,此时热辣辣的阳光正从屋顶小窗倾泻而入,正好直射到我的眼睛上。一个看守走到铁门前,命令我做好出去的准备。我问看守:"我们这是要去哪?"她答道:"中央监狱。"看守们随即把我押上一辆特制的囚车,然后在几个押送人员的陪同下朝着监狱驶去。我有意向这几个押送人员打探我女儿的情况,得到的答案只是一句冷冰冰的:"对,我们找到她了。"我的秘密已经暴露了,我接着又问这些人我女儿现在怎么样、是怎样被找到的,他们则不屑一顾,认为我是一个罪犯,根本不配知道任何相关细节。我决定不对他们采取求全责备的态度,毕竟这些人不过是执行工作任务的职员们罢了。

几天后,我进行了几个小时的审讯并校对了我的供词,随后一个律师来到我身边,他带来了些好消息。我们坐在一间专门用于会见的屋子里,律师开口说道:"我是凯里木律师,受托为对你的指控辩护。"

"我没请律师啊,我也不是什么被告。"

"这我知道,是你丈夫委托的此番辩护,我希望你能在知情同意书上签字。"

我被他说的话震惊了,我丈夫怎么会有勇气为我聘用律师并决定帮我呢?究竟发生了什么!我对凯里木发问道:"我女儿的现在状况怎么样?她是在哪里被找到的?"

"状况很好,可以说是安然无恙。"

"抱歉,我不想签任何文件,只想走正常法律程序。"

"这由你决定,只是我希望你在做出决定前要想好。还有件事,你的女儿也来了,正在外面等着见你,当她问你为什么不在她身边时,请告诉她你在因公务出差,并且马上就要回到她身边了。这是你丈夫要求的。"

"我丈夫现在在哪儿?"

"他不在这儿。不过他交给我一份和你离婚的协议,他觉得还是不要再见到你为好。"

欧麦德为何要这么做?为什么他总是想让我对他卑躬屈膝?我不接受这个律师,只接受离婚协议,这份协议是我长久以来孜孜以求的。此时我已无法再考虑其他事情,一心只想着见到拉米娅。我希望把她永远紧紧地抱在怀里。我要对她坦陈自己的所作所为,我每天都在祈求她的原谅。总有一天,我会把我和我父亲的故事讲给她听，告诉她我父亲是如何竟其一生冷酷无情、心若冰霜地对待我，也会向她承诺，我会温柔慈祥、和蔼可亲地对她，直到自己生命的尽头。